Alvaro Escobar-Molina

Der schlafende Berg

Aus dem Französischen
von Elsbeth Ranke

Mit einem Nachwort
von Antoine Audouard

Piper
München Zürich

Die Originalausgabe erschien 2003 unter dem Titel
»La montagne ensommeillée« bei Anne Carrière in Paris.

ISBN 3-492-04504-9

Gesetzt aus der Perpetua
Satz: Satz für Satz. Barbara Reischmann, Leutkirch
Druck und Bindung: Clausen & Bosse, Leck
Printed in Germany

www.piper.de

Echos von weißem Licht

In dieser Nacht zum 15. Februar kämpfte das kleine Dorf hoch oben auf der Cordillera gegen den Sturm. Zwischen zwei Donnerschlägen hörte man Schreie. Eine alte Frau, die ihren Weg in einem schweren Todeskampf zu Ende brachte, hielt ihr letztes Röcheln den entfesselten Elementen entgegen. Eine andere Frau, diese sehr jung, bot alle Kraft auf, um einem Kind das Leben zu schenken. Die Stunden verstrichen. Im Morgengrauen, eben in dem Augenblick, als die Sterbende erlosch, stieß die Mutter einen Freudenschrei aus. Ein Strahl von weißem Licht fiel durch das Fenster und erhellte ihr einfaches Lager.

Jemand sagt: »*Alba.*« Großmutter ist es, sie murmelt das Wort nur. »Deshalb heißt er Alvaro: *albus*, weiß, weißes Licht, ein Strahl von weißem Licht.« Ich höre, wie sie meinen Namen sagt, als wäre er ein Echo, das sich über mich breitet. Und lachend sagt sie meiner Mutter: »Hier unten heißt es, er sei ein Zauberer.« Auch Mama lacht: »Ja, mit ihm verliert man sich, er ist anderswo. Aber er kommt nicht von anderswo, er ist von hier. Mutter, laß die Leute reden. Weißt du, die Frau, die in der Nacht zum 15. gestorben ist, war auch keine richtige Zauberin! Sie konnte Gedanken lesen, das ist alles. Ich habe ihren Schrei gehört, und im Morgengrauen ist mein Sohn gekommen. Ja, ein weißes Licht blitzte am Fenster, da ist er geboren. Daß man unten von ihm spricht, liegt daran, daß er in dieser Sturmnacht gekommen ist. Aber in den Ereignissen im Dorf zu lesen ist nichts besonders Geheimnisvolles . . .«

Beide lachen aus tiefstem Herzen und weben eifrig weiter.

Plötzlich höre ich mein Mutter rufen: »Alvarooo!« Diesmal kommt das Echo von ihrer Stimme. Das O am Ende zieht sich durch das ganze Haus, durch die Zimmer, die sich aneinanderreihen wie die Perlen eines Rosenkranzes. Aber ich bin gleich nebenan, und das weiß sie. Sie weiß, daß ich alles mit anhöre. Sie will mir nur ein wenig Zeit lassen, bevor ich mich vor Großmutter zeige. »Alvarooo! Komm, Großmutter und ich reden von dir.« Ich lasse dieses O klingen und gehe los. Ich gehe drei Zimmer zurück und vier vor, ganz langsam. So kann das O des Echos bis an das Ende des Hauses dringen, und ich habe Zeit, ganz vorsichtig bis zu Großmutter zu kommen.

»Hier, Großmutter, da bin ich.«

»Was hast du gemacht? Wo warst du?«

»Da hinten, überall.«

Sie sieht mich zärtlich an und streicht mir über die Haare: »Du bist ein guter Junge. Vergiß nicht: Wenn ich eines Tages sterbe, wirst du dich dann an mich erinnern?«

»Großmutter, wenn du in unseren Bergen stirbst, vergesse ich dich nicht. Aber wenn du weggehst, wie könnte ich dich dann bewahren?« Sie lächelt. Sie versteht, daß man die Dinge immer in den Bergen bewahren muß, wie ein Echo, das vom fernen Horizont zurückhallt.

Wenn ich einmal weggehe, steige ich auf den Hügel, und ich höre das Echo, mein Echo: »Alvarooo!« Das O hallt wider wie unendlich. Das ist das Echo von Papas Stimme. Im Patio hat er die Hände zu einem Schalltrichter geformt, damit mein Name bis zu mir dringt. Bald ist es Zeit fürs Frühstück. Es ist noch dunkel. Ohne Eile laufe ich los. Eben habe ich die Kuh gemolken. Da ist die Milch, in einem Krug. Ich hebe ihn hoch und steige hinab. Um nicht zu fallen, stütze ich mich mit der linken Hand auf meinen Stock. Es ist ein alter Gehstock, den Großvater mir gegeben hat, ich habe ihn immer bei mir. Langsam gehe ich den kleinen Pfad entlang, der auf die gepflasterte Straße mündet. Ich lasse meinen Stock auf dem Boden klacken und schleppe meinen Krug in der rechten Hand.

Ich komme nach Hause. Mein Bruder und meine Schwestern sitzen schon am Tisch. Mama treibt mich an: »Alvaro, immer bist du zerstreut, immer weit weg, immer da!« Ich sitze mitten zwischen den anderen, aber mein Kopf ist anderswo. Ich bin auf dem Hügel geblieben, ich unterhalte mich weiter, spreche laut vor mich hin. »Alvaro, hör auf, du sitzt bei Tisch!« Da lande ich. Ich sitze vor einer Schale Kakao und einem Maisfladen. Damit ich hierbleibe, rückt Papa seinen Hocker neben mich und flüstert mir zu: »Du bist ein Kolibri.« Ja, es ist, als würde ich wie ein Pfeil in alle Richtungen fliegen, um mich stets auf etwas anderes zu stürzen. Bewegt sich so nicht ein Kolibri? Und Papa redet weiter: »Der faszinierende kleine Kolibri steigt hoch und bleibt mitten im Flug stehen. Er kreist um die Blume, um das Blatt, und schnell verschwindet er wieder. Mit einem Flügelschlag durchmißt er den Raum zwischen den Kaffeesträuchern, den Bananenstauden, er fliegt über die Blumen und die Hügel und die Berggipfel. Du bist wie er. Dich kann man nicht einfangen, stimmt's? Du bist scheu.«

»Ja, ich bin scheu, scheu ... Warum bin ich scheu, Papa?«

»Weil der Kolibri scheu ist.«

Ganz hinten im Eßzimmer murmelt Großmutter: »Flieg nicht gegen ein Fenster wie der Kolibri. In seinem Schwung beugt er den Schnabel nach unten und spießt sich selbst auf.« Ich sehe Papa an. »Wie ist das möglich?« Mama fällt ein: »Hast du nicht die kleinen toten Kolibris gesehen?« Ich sage nichts. Ich denke an mich. Ich denke an den Vogel. Papa versteht: »Lassen wir es dabei. Komm, bleib hier bei mir. Wie der Kolibri in seinem Nest ... Weißt du, das Nest des Kolibris ist geformt wie ein kleiner Becher. Er ist aus Pflanzenfasern, aus Blättern, Samenkörnern, Spinnenweben. Außen mit Moos verziert, innen mit Flaumfedern ausgekleidet, schön warm für die Jungen. So ist das Nest des Kolibris. So ist dein Zuhause. Ich, Mama, Großmutter, dein Bruder und deine Schwestern, wir sind alle da. Siehst du, unser Haus ist strahlend hell, schön, friedlich hier drinnen, aber es kann uns auch verteidigen, wenn es draußen zu hart zugeht.«

Mama hebt die Versammlung auf. Am Horizont erscheint die Sonne.

Die Wörterschule

Eines Morgens hörte ich etwas Seltsames. Es war ein Gespräch. Mit ihrer tiefen Stimme sagte Tante María zu Mama: »Ja, ich meine es ernst. Hilda kann nicht lesen, und sie ist fünf. Und Liliane erst, das ist noch schlimmer, sie ist älter ... Ich sage es dir, ich meine es sehr ernst. Wenn es so weitergeht, werden sie womöglich in die Schule müssen.«

Die Drohung war da: »Sie müssen in die Schule.«

»Weißt du«, fuhr Tante María fort, »wenn meine Schwestern um die Schule herumgekommen sind, dann deshalb, weil ich sie die Wörter gelehrt habe.«

»Du hast recht.«

»Ich werde die beiden ins eckige Haus nehmen. Schickst du sie mir?«

»Ja, ja. Gleich heute nachmittag.«

Sie sprachen nicht von Jorge. Aus irgendeinem Grund war er von dieser Plage ausgenommen.

Die armen Kinder, die in die Schule gehen mußten, hatten mir immer angst gemacht. Sie hatten ihre Farben verloren. Sie gingen die Straße im Gänsemarsch hinauf. Manchmal sah ich einen Lehrer mit einem Lineal in der Hand. Ich hörte Angstschreie. All das ließ mich an Folter denken. Später hörte ich Freudenschreie. Aber durch die Folter zu gehen, um die Freude kennenzulernen, konnte mich nicht verlokken. Ich warf mich im Bett hin und her. Jetzt waren Hilda und Liliane an der Reihe. Mein Gott, wie sollte ich nur der Schule entkommen?

Am Nachmittag brachen meine Schwestern zum eckigen Haus auf, wo die Tanten wohnten und Großmutter und Großvater. Ich folgte ihnen langsam. Ich wollte bei der Folter dabeisein. Ich wollte wissen, warum die Wörter so ernst waren, warum man sie lernen mußte, sie lesen. Ich spürte, daß es sich um etwas Wichtiges handelte. Ich ging vorsichtig. Ich war drei oder vier Jahre alt.

Sie klingelten am eckigen Haus. Ich blieb abseits stehen. Ich konnte nicht mit ihnen hineingehen. Hilda hatte Angst, sie versteckte ihre Bedenken hinter kleinen Schreien. Liliane schaute stumm um sich. Ich stellte mich ans Fenster, um sie zu beobachten. Sie hockten auf einer Bank. Tante María, die sonst immer saß und nähte, stand da. Sie hatte ihre Maschine verlassen. Sie hatte sich eine Art Bleistift hinter ein Ohr gesteckt. Sehr aufrecht baute sie sich auf.

»Ihr beiden Mädchen, heute werdet ihr die Wörter kennenlernen!« Ich zuckte zusammen. Jetzt würde ich ja sehen, was es mit diesen berühmten Wörtern auf sich hatte.

Tante María schob die Brille auf ihre Stirn. Sie ging mit großen Schritten den Flur hinab, dessen Dielen so laut knarrten. Ich hörte, wie sie wegging. Ich hörte ihre Stimme, aber ich sah sie nicht. Da kam sie zurück zu meinen Schwestern auf ihrer Bank und begann den Unterricht, immer noch in großen Schritten auf und ab laufend.

»Ihr seht, wie ich mich bewege, aber das stimmt nicht. Ihr denkt, ich laufe schnell, aber das stimmt nicht. Hmmm, das stimmt nicht«, sagte sie und drehte weiter Kreise wie ein Karussell. Schließlich blieb sie stehen. »Ich stehe hier. Ich werde mich setzen, aber das stimmt nicht.«

Hilda stieß Liliane mit dem Ellenbogen an. Sie lachte. Ich sah, wie Tante María auf sie zuging und sie feierlich ansah. »Sei still, Hilda, lach nicht. Gleich wirst du verstehen.«

Die nächsten Momente schienen mir endlos. Tante María legte sich auf die Erde. Sie bettete den Kopf auf ein Kissen, das sie aus dem Schlafzimmer geholt hatte. Sie sah wie tot aus.

»Was mache ich?«

Liliane antwortete: »Du schläfst, Tante.«

»Nein, ich schlafe nicht. Ich tue so. Unsere ganze Erde tut so, als würde sie schlafen, weil wir nicht sehen, wie sie sich bewegt. Aber kommt, faßt auf mein Herz, und ihr werdet etwas hören. Kommt her und hört auch meinen Atem. Unsere Erde atmet, unsere Erde reagiert, unsere Erde ist lebendig, wie das Herz. Aber wir merken es nicht. Wir meinen, sie schläft. Deshalb muß man noch in der allergrößten Ruhe eine Bewegung wahrnehmen. Wenn alles scheinbar einschläft oder stirbt, kann es doch von einem Moment auf den anderen ausbrechen.«

Tante María stand wieder auf.

»Alles ist lebendig. Alles regt sich. Alles verändert sich. Nichts ist völlig unbeweglich!« rief sie.

Die Mädchen waren stumm vor Staunen. Ich an meinem Fenster war es auch. Es schien wichtig zu sein. Tante María war groß und immer sehr ernst. Mir war es, als trüge sie alle Jahre der Erde, auch wenn sie keine Falten hatte.

Liliane stand auf und fragte: »Und warum ist die Erde so? Warum wacht sie auf? Warum schläft sie ein?«

»Weil sie ihre Launen hat. Es stimmt nicht, daß sie einschläft oder aufwacht ... Sie hat ihre Launen. An einem Tag ist sie wütend und grollt. Am nächsten Tag ist sie ruhig, friedlich, und sie ruht sich aus. Manchmal meint man, sie schnarchen zu hören, aber sie ist fast immer freundlich. Sie ist die Mutter, eure Mutter, eure Großmutter.«

Liliane setzte sich. Sie war sich nicht ganz sicher, ob sie richtig verstanden hatte. Da sagte Tante María: »Wartet, ich erkläre es euch besser.«

Sie verschwand wieder im Flur und trat ins Schlafzimmer. Als sie herauskam, hatte sie ein großes weißes Laken über dem Arm. Wieder legte sie sich auf den Boden; sie bedeckte sich mit dem Laken. »Ihr habt das Gefühl, die Erde ist weiß und ruhig«, sagte sie, ohne sich zu bewegen. Plötzlich bemerkte ich eine Regung. Wir hörten ihre Stimme: »Die Erde wacht langsam auf.« Ich sah, wie sie sachte ein Bein bewegte. Sie fuhr fort: »Das ist die Cordillera. Es wird ein Erdbeben geben. Keine Panik! Nur ein leichtes . . .« Ihre Stimme kam aus der Tiefe, ihr Bein unter dem Laken ließ die Berge sich winden. Ja, wenn sie sprach, stimmte das, was sie sagte. Ein Teil von ihr bewegte sich nicht, aber an ihren Schuhen meinte man wohl, eine Bewegung zu sehen. Und ihre seltsame Stimme kam unter dem Laken hervor: »Habt ihr gesehen, wie die Cordillera sich bewegt?«

»Jaaa!« schrien die Mädchen. Und ich hinter meinem Fenster schrie auch: »Jaaa!« Tante María sah zu mir herüber. »Deine Stunde ist noch nicht da. Geh nach Hause!«

Ich zog den Kopf ein. Ich war wie versteinert. Sie hatte mich gesehen. Sie meinte es ernst, sehr ernst. Ihr Ruf hatte mich gelähmt. Ich bewegte mich nicht mehr. Ich dachte: »Ich bin zu klein, um das Geheimnis der Wörter zu verstehen. Man muß fünf sein, oder sechs, um es zu schaffen.« Trotzdem hörte ich noch, was drinnen passierte. Meine Schwestern begannen zu lachen. Ich riskierte es, den Kopf zu heben und einen Blick durch das Fenster zu werfen.

Tante María stand da, ins Laken gewickelt, und sprach von den Verben: »Ich bin ein Verb, ein aktives Verb. Ich bin das Verb essen.« Und sie machte weit den Mund auf, schritt auf und ab, zog dabei das Laken wie eine Schleppe hinter sich her. »Ich bin die Esserin. Ich esse, ich schlinge, ich bin ein aktives Verb, ich esse.«

Liliane wagte die Frage: »Das einzige Verb heißt also essen?«

»Nein, das wirst du gleich sehen. Jetzt bin ich das Verb singen.« Und Tante María stimmte ein Lied an. Sie hatte keine besonders schöne Stimme. Wieder kicherten die Mädchen. Tante María reihte Wörter aneinander, die ein bekanntes Lied darstellen sollten. Ich lachte nicht. Sie machte mir immer noch angst.

Und das Verb lieben und das Verb gehen und das Verb zittern und das Verb anbeten tauchten auf. Alle Verben rief die Tante. Die Verben bewegten sich, die Verben sagten etwas. Sie machte meinen Schwestern klar, daß es, solange es Verben gab, Bewegung gab; daß diese Verben den ganzen Satz lenkten. Die Mädchen waren platt vor Staunen. Und ich an meinem Fenster war es auch.

Plötzlich unterbrach Tante ihren Unterricht. Sie legte einen Finger auf die Lippen, damit es still blieb, und ging wieder in ihr Zimmer. Als sie wiederkam, hatte sie einen von Großvaters Hüten auf dem Kopf und eine von Großvaters Jacken über den Schultern. Sie sah ihm ähnlich. Sie sagte: »Ich bin ein Substantiv. Wie heiße ich?«

Meine Schwestern antworteten im Chor: »Substantiv!«

»Nein! Ich heiße Großvater. Es gibt verschiedene Substantive. Worauf zeige ich?« Sie richtete ihren Zeigefinger auf den Hof. Die Mädchen riefen: »Auf den Patio!«

»Ja! Und was ist im Patio? Bäume, das sind auch Substantive.« Und Tante María sagte, daß man die Substantive achten mußte, daß man sie nicht anfassen durfte. Daß alle Substantive wie Pfeiler waren, daß sie etwas Wichtiges anzeigten. Daß es war wie ein Zug, die Waggons waren die Substantive, die am Verb hingen, an der Lokomotive. Sie sprach immer weiter.

Wieder unterbrach sie ihren Unterricht und schenkte meinen Schwestern Bonbons. Am nächsten Tag wollte sie ihnen die Adjektive erklären und eine Geschichte erzählen.

Am Abend erklärten die Mädchen Mama und Papa den Unterricht. Hilda machte sich haltlos über Tante María lustig. Auch Liliane lachte, aber sie sagte, daß alles, was passierte, sehr wichtig war. Papa redete ihnen zu, morgen wieder ins eckige Haus zu gehen. Meine Mutter lächelte, ohne viel zu sagen, aber ich spürte, daß sie viel dachte. Sie fragte mich: »Wie konntest du hingehen, ohne daß Tante María es erlaubt hat?« Ich antwortete: »Es war sehr wichtig, das hat Tante María gesagt.« Und Mama meinte: »Also, wenn es dich interessiert, geh hin, aber laß dich nicht sehen, laß dich nicht erwischen.« Von ihr aus durfte ich.

Am nächsten Tag setzten sich die Mädchen wieder auf ihre Bank. Tante María begann zu sprechen: »Eure Großmutter, die Mutter von eurer Mama, die, die schon seit langem auf dem Friedhof liegt, die so schön war und die so früh gestorben ist, die, die für ihre Kinder so schöne Wiegenlieder sang, daß sich das ganze

Dorf unter ihrem Balkon versammelte ... Als diese Großmutter klein war, hatte sie ein sehr wichtiges Erlebnis.«

Mit ihrer fremden, tiefen Stimme begann sie zu erzählen, daß sich unsere Großmutter in ihrer Jugend eines Tages mit ihrer Schwester aufs Fensterbrett gesetzt hatte, um mit den Mädchen von gegenüber zu plaudern. Auf beiden Straßenseiten standen viele Häuser. Großmutter scherzte mit ihren Freundinnen, die auch am Fenster saßen. Plötzlich grollte die Erde. Wie ein Blitz schnitt ein Erdstoß die Straße längs entzwei. Großmutter und ihre Schwester waren wie versteinert. Ein riesiges Loch hatte sich vor ihnen aufgetan. Die eine Seite der Straße mit allen Häusern war ganz und gar darin verschwunden. Großmutter hatte fürchterlichen Lärm aus dem Innern der Erde gehört, als würde man eine Pflanze an den Wurzeln schütteln. Und ihre Freundinnen waren vor ihren Augen verschlungen worden. An diesem Tag war die Cordillera nicht zufrieden. Großmutter hatte gesehen, wie alle Häuser von gegenüber versunken waren. Und sie meinte, sie hätte den Schrei ihrer Freundinnen gehört, die zusammen mit ihrem Haus in das Loch fielen. Tante María beendete die Geschichte mit den Worten: »Und genau deshalb ist alles, was ich euch erzähle, so ernst. Es ist die Geschichte der Wörter. Die Wörter, die ihr sagt, sind sehr wichtig. Man darf nicht irgend etwas Beliebiges dahinplappern. An diesem Tag hat die Mutter Erde gesprochen. An diesem Tag hat sie gesagt, was sie sagen mußte.«

Ich an meinem Fenster meinte zu verstehen, daß alles, was man sagt, genauso schrecklich ist wie das, was die Erde sagt. Daß es manchmal besser ist, zu schweigen, als zu reden. Tante María sah so ernst aus, die Mädchen waren so still, sie sperrten bei dieser Geschichte so die Augen auf, daß ich diesen Augenblick nie vergessen werde.

Tante María sagte noch, daß Papa als Pferdezähmer sehr wohl wußte, daß die Tiere, und ganz besonders Maultiere, die Geräusche der Erde im voraus ankündigten. Es war wichtig, daß die Leute, die mit Pferden arbeiteten, bei den Maultieren blieben, damit man wußte, was passieren würde. Maultiere konnten hören, sie konnten den Bergen zuhören. Manchmal, wenn alles still zu sein schien, stellten sie ein Ohr auf und hörten Geräusche, von denen niemand wußte. Dann konnten sie vor lauter Schrecken ihre Herde verlassen und davonlaufen. Papa war der Meinung, so sagte Tante María, daß man ihnen nachrennen mußte, sobald sie sich in Bewegung setzten. Ja, bei uns gab es Maultiere. Sie waren schön und kräftig. Die Mädchen haben noch besser verstanden, was ihnen an diesem Nachmittag beigebracht wurde.

Tante María sprach weiter: »Gestern habe ich euch die Verben und die Substantive erklärt.« Und sie ließ die beiden die Erklärungen vom Vortag wiederholen. Liliane war zuerst dran, Hilda machte weiter, und ich merkte mir insgeheim alles, was ich hörte. Ich durfte weder mein Gesicht zeigen noch sprechen. Tante María kündigte den Tag der Adjektive an.

»Auch das ist sehr wichtig!« rief sie. Offensichtlich war alles wichtig. Sie trat zu meinen Schwestern und fragte Liliane: »Bin ich die schönste Frau der Welt? Bin ich sehr schön?« Liliane blieb stumm und schloß die Augen. Tante María wiederholte ihre Frage. »Antworte, bin ich die schönste?« Liliane blieb wie versteinert. Tante María ging bis zur Veranda. Sie sah hinaus auf den Patio und sagte: »Ich weiß, warum du nichts sagst, Liliane. Du meinst, daß ich nicht die schönste bin. Aber du hast Angst vor mir, deshalb sagst du nichts.« Ich hörte Liliane hauchen: »Ja, Tante, ich habe Angst.«

»Liliane, dieses Gespräch ist sehr, sehr wichtig. Du hast Angst vor mir, und du hast nicht gesagt, daß ich schön bin.«

»Nein, Tante.«

»Hilda, was habe ich deine Schwester gefragt?«

»Du hast gefragt, ob du sehr schön bist, die schönste.«

»Und du, schön, wie du bist, was meinst du dazu?«

Schüchtern antwortete Hilda: »Ja.« Ein leises Ja.

»Ich will dein Ja hören. Bin ich schön?«

Hilda wiederholte ein ganz leises Ja. Lächelnd drehte Tante María sich um und rief: »Du Lügnerin! Ich bin nicht schön. Genau das ist das Problem der Adjektive: Ich bin ein Substantiv, ich weiß nicht, ob die Schönheit zu mir gehört oder nicht.«

Liliane sagte: »Manchmal bist du schön.« Da sah ich, wie Tante María, die sonst so ernst ist, sich zärtlich zu ihr hinabbeugte. Sie weinte nicht, aber sie sprach mit einer sehr bewegten, friedvollen Stimme: »Nein, ich bin nicht die Schönheit, ich bin nicht die schönste. Siehst du: Ich bin nicht einmal sehr schön.« Dann pflückte sie eine Margerite und begann zu murmeln, fast so, wie es die frischverliebten Mädchen tun: »Schön bin ich: ein bißchen, sehr, über alle Maßen, kann's gar nicht fassen, ein ganz klein wenig, fast gar nicht ...« Und jedesmal ließ sie ein Blütenblatt fallen. Sie begann von vorn: »Bin ich sehr schön?« Liliane sagte: »Ja.« Tante María gab zurück: »Nein, aber du, du bist sehr nett. Bin ich ein bißchen schön?« Die Mädchen sagten: »Ja.« »Genau, ich bin ein bißchen schön. Die Schönheit hat doch mal bei mir vorbeigeschaut!« Alle begannen zu lachen. »Ich bin nicht ganz und gar häßlich, ich bin María, eure Tante. Das sind die Adjektive: Sie bestimmen etwas, sie sagen etwas aus über die Substantive. Man muß also vorsichtig mit ihnen sein. Man muß wissen, was sie bedeuten, und man darf nicht lügen. Auch nicht aus Zärtlichkeit.« Sie kam heran und umarmte die beiden.

Die Stunde über die Adjektive ging weiter. Ich machte mich auf den Heimweg. Mit dem Gefühl, daß alles groß war, wichtig, daß man langsam sagen mußte, was man dachte, und daß man das können mußte.

In den nächsten Tagen ging es im Unterricht um die Uhr. Meine Schwestern sollten auch lernen, die Zahlen zu schreiben. Mich interessierte das nicht. Was schon gesagt war, war so wichtig! Ich hatte Angst davor, noch mehr zu verstehen. Aber zugleich habe ich die Lektion nicht vergessen: Die Verben, die Substantive und die Adjektive reagieren alle wie die Cordillera. Und jedesmal, wenn ich María wiedersah, bis an ihr Lebensende, habe ich an ihre Schule der Wörter gedacht.

Die Geschenke des Vollmonds

Ich wußte nicht, welche Jahre zwölf, dreizehn oder tausend Monde lang waren. Ich hatte das Gefühl, der Mond gehörte zu meiner Großmutter. Manchmal hörte ich sagen: »Mach dich fertig, Alvaro, deine Großmutter kommt. Kinder, sie kommt. Der Mond mit dem Vollmond!«

Damals waren wir fünf; Jaime war noch nicht geboren. Wir gingen schlafen, denn wir wußten, daß wir morgen früh nach ihr Ausschau halten konnten. Am Abend, bevor sie kam, wurde sie angekündigt. Wir waren sehr früh wach: gegen fünf, sechs Uhr. Wir hörten Geräusche im ganzen Haus. »Großmutter kommt!«

Wir steigen hoch, wir klettern auf den Hügel, wir halten Ausschau. Über den Augen formen wir mit den Händen einen Schirm. Ich sitze da. Der Morgen bricht an. Ein kühler Lufthauch, der Tau auf unseren Körpern, eine Art dichte Wolke, die langsam vom Boden aufsteigt. Große Stille. Ja, die Erde war eine große Stille, ein Schatten hüllte uns ein, und der Himmel war hell in der Nacht. Die Sterne spiegelten sich darin. Heute morgen hat der letzte Stern, als er verschwand, einen Rest Licht zurückgelassen. Es kündet vom Aufgang der Sonne. Da ist sie. Wir lachen ein bißchen. Aber da ist die Stille. Sie umhüllt unsere Körper. Wie wir da aufgereiht sind zur Wache.

Weit, sehr weit weg entdecken wir sie. Wir wissen, daß sie es ist. Klein ist sie, von weitem; sehr groß für uns winzige Kinder. Klein von weitem. Kaum erkennt man ihre Gestalt. Sie kommt langsam näher, sie muß noch einen Hang hinaufsteigen. Sie kommt. Mein Herz bleibt beinahe stehen. O ja, ich liebe sie! Sie ist da, mager, barfuß, mit ihrem überlangen Zopf, ihrem wie immer dunklen Kleid. Sie hat einen Stock in der Hand.

Sie hat nichts dabei. Außer vielleicht ein paar Zuckerstücke in der Tasche, Kokablätter, um auf dem Weg durchzuhalten.

Sie ist da, bei uns. Das Lächeln steigt hoch auf die Lippen.

Ja, Großmutter, heute morgen kommst du. Heute abend hören wir dir zu, und heute morgen sehen wir dich an. Dich morgens anschauen, dir nachmittags nachgehen, dir abends zuhören. Du Stille, Schöne, mit deinen schmalen Fingern. Du beendest deine Sätze mit den Fingern. Deine Schritte sind ganz ruhig ... Du bist da.

»Für dich, Alvaro, ein Geschenk.«

»Ja, Großmutter, was ist es?«

»Siehst du, ganz da hinten, den Hügel? Oh, lange ist es her, daß ich ihn überquert habe! Hinter ihm, da, wo du mich vielleicht zuerst gesehen hast, als du hier warst und ich dort, auf diesem kleinen Abhang, da strich der Wind vorbei. Der starke Wind, kalt war er, pfeifend. Er kann dir etwas erzählen. Geh! Ich sage deiner Mutter, daß du den Wind anhörst. Warte da eine ganze Weile. Hör ihm friedlich zu, halte fast die Luft an, damit er dir zuflüstert, was er dir zuzuflüstern hat. Ja, hör geduldig zu. Heute abend erzählst du es uns. Hab keine Eile, beeil dich nicht, aber geh.

Für dich, meine schöne Elsa, habe ich einen Kieselstein. Nicht hier bei mir. Steig zum Bach hinunter! Ja, du mußt von hier ungefähr zwei Kilometer weit hinuntersteigen. Dort am Bach, ja, gleich. Weißt du den Baum, den, der ganz verdreht ist, der müde Baum, auf den du dich stützt, wenn du zum Bach hinuntersteigst? Wenn du dich da hinsetzt, fast in seine Wurzeln, und die Füße ins Wasser streckst, dann siehst du einen Kieselstein, einen safrangelben. Nimm ihn behutsam heraus. Aber bevor du ihn nimmst, schau ihn an. Er hat dir unten im Wasser so viel zu sagen. Und wenn du ihn dann in der Hand hast, hat er dir auch viel zu sagen. Nimm ihn, berühre ihn, sieh ihn aufmerksam an. Die Güte hat sich in ihn gelegt. Er hat das Gewicht des Baches getragen, das Wasser des Baches. Er hat sich streicheln lassen, formen lassen. Er wird dir Sachen erzählen. Heute abend bringst du ihn uns und erzählst es uns vor dem Feuer.

Dir, Hilda, meine Schöne mit den großen Augen, wird der Bach auch etwas zuflüstern. Steig noch weiter hinunter als Elsa! Du hast schlankere Beine, du kannst schnell rennen. Laß Elsa hinter dir zurück. Du bist fröhlicher. Löse deine Haare, tauche sie da ein, in das Wasser des Baches. Warte ein bißchen, bis kleine Algen, kleine Pflanzen und Blätter sich in deinen Haaren festsetzen. Dann zieh sie heraus. Lauter Blätter, grün wie Edelsteine, werden dann auf deinen schwarzen Haaren glitzern. Komm heim mit deiner Haube aus Blättern. Sieh sie an, auf deinen Haaren. Sie schmücken dich. Es sind Blätter, die von einem Baum gefallen sind. Sie erzählen Dinge über eine Welt, die kommt und geht. Du bist so ruhig, du kannst in Ruhe hören, was es darin gibt. Vergiß nicht, daß die Blätter einen weiten Weg hatten, und vergiß nicht: Die Blätter erzählen die Abenteuer der Insekten, die Abenteuer des Wassers, die Abenteuer der Lüfte. Das alles wirst du hören. Unterhalte dich mit ihnen. Heute abend, so fröhlich und heiter, wie du bist, erzählst du und singst. Deine hübsche Stimme kann doch ein Lied erfinden. Sing uns heute abend ein Lied über deine Haare und über die sprechenden Blätter.

Zu dir, Liliane. Du bist die Frühaufsteherin, du gibst erst Ruhe, wenn deine Geschwister schon schlafen, du, meine Sanfte, die geduldigste. Ich habe ein Geschenk. Das zerbrechlichste. Ich habe es natürlich nicht in der Tasche. Heute abend kannst du es uns nicht zeigen, nicht einmal erzählen kannst du, wie es aussieht, denn es ist für morgen. Heute abend, wenn wir am Feuer gesessen haben, verläßt du den Patio, gehst auf das offene Feld hinter dem Haus. Sieh hinauf zu den Sternen. Suche den Himmel nach dem Stern des Südens ab. Du kennst ihn gut. Stell ihm Fragen, fang ein, was er uns zeigt, und morgen erwarten wir dein Geschenk. Vom Patio aus werde ich dich begleiten, von weitem. Denn dir allein wird der Stern des Südens den Weg der Hoffnung verraten.

Zu dir, mein Größter. Du, der keine Angst hat, geh noch weiter bergab, überquer den Bach, geh weit weg! Im nächsten Tal, weiter unten, sind die Wildpferde. Schleich dich vorsichtig an sie heran. Steig auf den Baum. Da ist ein weißes Pferd, noch ganz jung. Es ist wie du: stark, fröhlich, ungestüm. Es hat deinen Blick, voller Zärtlichkeit und Neugier. Sieh es an, fordere es mit dem Blick heraus, aber bleib oben auf dem Baum. Reg es nicht auf, laß es. Suche seinen Blick, halte ihn mit deinem fest. Verzaubere es. Schau dir diese Kraft an, diese Muskeln, und komm heim. Heute abend erzählst du uns, was das weiße Pferd gesagt hat, was seine Augen erzählen. Ja, die Abenteuer des weißen Pferdes im Tal. Das Tal ist sehr grün, das Tal tut weh, es ist voller Weiden und Disteln. Das Pferd ist stolz, es kann uns über das Tal unendlich viel erzählen. Es springt im Tal herum. Dort ist sein Zuhause. Es hat keine Angst. Es ist wie toll. Heute abend erzählst du davon.«

Der Tag zog sich dahin. Einer dieser langen, schönen Tage. Der Morgen lachte. Die Sonne erschien, erfüllte die Hügel. Die Cordillera gegenüber, die nachts voller Schatten war, wurde ganz allmählich angestrahlt. Unser Jubel, als wir unsere Geschenke fanden.

Oh, Großmutter, du bist so schön, deine Hände sind so rauh, so hart! Ich weiß, daß du uns mit deinen Händen die Geschichte unserer Berge erzählen wirst. Großmutter, du bist so aufrecht! Großmutter, du lachst nicht; aber du lächelst beinahe immer. Manchmal stehen in deinen Augen Tränen. Lautlos streifst du überall umher. Beinahe immer lächelnd, heimlich weinend, manchmal, am Abend. Von welchem Leid sprichst du, Großmutter?

Am Abend das Feuer. Und am Feuer sie, Papa, Mama, die Geschichten, das Lachen.

Da hinten, wo die Sterne schlafen

»Beruhige dich, es wird dunkel, beruhige dich. Schließe deine Lider und sieh die Berge vorbeiziehen. Dein Hügel kommt vorbei; beobachte ihn genau. Sieh, wie die Kühe in aller Ruhe wiederkäuen; du bist bei ihnen. Bleib da, ganz friedlich, mein Sohn. Du wirst schon sehen ... Sogar der Bach wird hier vorbeifließen. Laß ihn zu dir kommen und hör ihm zu.«

»Großmutter, werde ich einschlafen?«

»Natürlich, warte noch ein bißchen. Du spürst gleich, wie deine Lider schwer werden. Ja, die Hügel kommen, und auch noch andere Hügel, und die Flüsse, die Fische in den Flüssen; alles kommt, alles zieht vorbei. Begleite sie, wenn du möchtest. Steig in den Bach, komm bis an den Fluß, schwimme mit den Fischen. Du treibst ganz langsam fort, und der Schlaf treibt heran.«

»Großmutter, schlafe ich schon?«

»Sei still, Alvaro, beruhige dich. Du schläfst noch nicht.«

»Großmutter, kann man im Schlaf sprechen?«

»Ja und nein. Jetzt gerade nicht. Du schläfst noch nicht.«

Ich sehe weiter die Hügel vorbeiziehen, die Flüsse, die Fische, und mit ihnen treibe ich fort.

Als ich am Morgen aufstehe, ist schönes Wetter. Das weiße Licht kommt vom Hügel herab und legt sich um das Haus. Ich öffne das Fenster, um das Licht einzulassen. Es fällt auf den Tisch, auf mein Bett, auf den Boden. Es kleidet alles an, es übergießt alles, und alles wird hell. Es ist mir nicht mehr wichtig: Ich besuche meine Mauer. Meine Mauer ist weiß und schön. Ich sehe sie an und betaste sie. Es ist noch nicht Morgen, es ist ein Traum. Ich wache schreiend auf. Ich rufe Papa, ich rufe Mama. Ich stehe im Bett, als Papa kommt.

»Was ist los?«

»Papa, ich habe geträumt. Das weiße Licht ist durch das Fenster ins Zimmer gekommen. Es hat alles hell gemacht. Es hat das ganze Zimmer weiß gestrichen. Komm!«

Er tritt heran.

»Nicht doch, das war ein Traum. Morgen früh siehst du es.«

Beim Aufwachen hatte ich es schon vergessen. Ich öffnete das Fenster und sah, wie das weiße Licht hereinkam und den Tisch überflutete, das Bett, den Boden. Ich habe meine Mauer nicht abgetastet.

Ich weiß nicht, warum, heute abend ist etwas anders. Es war ein langer, ein sehr langer Abend. Der Tag faulenzte herum, er fand und fand keine Ende, und überall war Erschöpfung. Die Sonne war voller Schlaf. Sie strömte und strömte, wollte nicht verschwinden, und die Dinge nickten ein. Ich dachte, daß auch die Sonne döste, daß sie nicht laufen wollte, sondern bleiben, drückend über uns. Der Abend war lang, sehr lang, der Tag lang, sehr lang. Ich war so müde davon, die Sonne anzuschauen, ihre Hitze zu spüren und zu sehen, wie die Dinge in ihrem Licht einschliefen. Ich sah hinüber zu Großmutter, die über dem Webstuhl saß.

»Großmutter, ich will sterben!«

»O nein, nicht jetzt schon!«

»Großmutter, ich will sterben!«

»Aber nicht doch: nein! Vorher verstreichen noch Tage und Nächte, Nächte und Tage ...«

»Großmutter, warum ist der Tag so lang, warum trödelt der Abend so herum, warum wird der Tag nicht müde, warum sind die Dinge so schläfrig, so faul? Ich will, daß sie aufwachen, aber nichts wacht auf. Alles ist schwerfällig, unbeweglich. Großmutter, ich will sterben. Ich will sterben, damit die Sonne stehenbleibt.«

»Es stimmt, Alvaro, daß die Sonne stehenbleibt, wenn du stirbst.«

»Wirklich, Großmutter? Dann will ich sterben.«

Und es gab kein Ende mit der Sonne, sie strahlte und strahlte immer weiter. Und die Dinge wachten nicht auf. Alles war unbeweglich, ruhig. Und ich war so müde von den Dingen und der Sonne, ich wollte Bewegung. Nichts rührte sich.

»Großmutter, befiehl mir zu sterben!«

»Noch nicht, Alvaro, es ist noch nicht soweit!«

»Großmutter, erzähl mir, was passiert, wenn ich sterbe.«

»Ich habe dir eben gesagt, daß die Sonne für dich stehenbleibt.«

»Für mich?«

»Ja, für dich.«

»Großmutter, und was mache ich dann?«

»Hör zu. Geh da hinunter, sieh deine Mauer an. Lauf, mit geschlossenen Lidern, folge der Mauer bis ans Ende, bevor sie aufhört, da, wo der Hügel anfängt.«

Mit geschlossenen Augen gehe ich vorsichtig voran. Mit einer Hand streife ich über die Mauer. Ich spüre ihre Berührung, ihre Oberfläche, die meiner Hand im Weg ist oder sich unter ihr öffnet. Ich gehe immer weiter.

»Großmutter, reicht das?«

»Geh langsam weiter, Alvaro, ganz langsam, denn ich werde dir erklären, wie du stirbst. Am Anfang ist da Müdigkeit . . . Du wirst sie ganz allmählich spüren. Danach beginnt etwas, sich allmählich auszubreiten.«

»Großmutter, als wenn es Nacht wird?«

»Ja, aber nicht so schnell wie hier in unserem Dorf. Wenn die Nacht kommt, ist sie wütend. In einem Nu kommt sie und wirft sich über uns. Nein nein nein! Es wird ein langer Abend werden, ein sehr langer Abend. Du wirst benommen sein, zutiefst erschöpft. Du gehst langsam weiter, wie jetzt an deiner Mauer entlang. Plötzlich spürst du keine Mauer mehr. Dann, während still und leise die Nacht hereinbricht, siehst du den Anfang des Weges. Ein sehr langer, enger Weg, der dich ans Ende der Welt führt. Siehst du den Weg, der dich zum Hügel führt? So wie der, bloß länger.«

»Großmutter, habe ich dann Angst?«

»Nein, Alvaro, denn die Sterne werden dich führen.«

»Großmutter, wie merke ich, wenn ich tot bin?«

»Wenn die Erschöpfung zu groß wird, wenn du nicht mehr merkst, daß du läufst, wenn die Nacht hereinbricht, dann wirst du ein Stern.«

»Wie denn, Großmutter?«

»Wenn die Sonne dich verläßt, wirst du ein Stern. Die Sterne laufen über die drei Wege, die ans Ende der Welt führen. Siehst du, da hinten ... Je weiter du auf den drei Wegen vorankommst, desto heller wird es. Wenn wir alle hier zu Hause dich allmählich vergessen, wird dieser Stern, der schon Alvaro heißt oder später mal so heißt, immer müder. Und in dem Moment, wo die Erinnerung aus dem Dorf verschwindet, weil die Zeit, die Nächte und die Tage vorüber sind, da wird dein Stern sich schlafen legen. Ganz langsam, zusammen mit anderen kleinen Sternen, die im Sternenfriedhof ruhen. Und da ruht, wie eine Glut, die noch heiß ist, auch die Sonne und wartet auf den Tag, an dem wir in den großen Sternenfriedhof ziehen.«

»Großmutter, ich will sterben, ich will ein Stern werden!«

»Nicht heute, Alvaro, bleib bei mir, es gibt noch so

vieles, was du mit mir lernen mußt. Laß mich in aller Ruhe mit dir alt werden. Vielleicht werde ich ja müder als du, vielleicht muß ich mich vor dir auf den Weg ans Ende der Welt machen. Aber ich will mich nicht beeilen, ich will, daß du mich begleitest, daß du hierbleibst, mit mir.«

»Großmutter, die Tage hören nicht auf, die Nacht kommt immer noch nicht.«

»Laß sie, ich mag die langen, langen Tage. Du hast es selbst so eilig. Ich habe es nicht eilig, den Weg zu den Sternen zu nehmen.«

»Ach, Großmutter, ich auch nicht, wenn ich bei dir bin!«

»Komm, setz dich, schau weiter die Steine an, erzähl, sing mir etwas vor! Du wirst sehen, der Tag wird seine Müdigkeit aufgeben, und die Nacht wird kommen und die Sonne sachte verwirren.«

Ich ging an diesem Abend sehr spät schlafen. Ich legte den Kopf auf das Kissen, und ich träumte, daß ich mit Großmutter auf dem Sternenfriedhof ausruhte. Ich hatte keine Angst mehr, zu sterben. »Alvaro, daran mußt du dich erinnern, denn eines Tages stirbst du«, sagte ich mir.

Heute noch will ich, wenn ich an den Tod denken muß, an den Sternenfriedhof glauben.

Die Einsamkeit ... Mein Fluß

Ich bin zu Hause, ich gehe auf und ab und spreche laut vor mich hin: »Wir haben einen Fluß. Wir haben einen Fluß.« Dieser Fluß gehört mir, mein Fluß heißt Einsamkeit. Die Einsamkeit ... Diesen Namen mag ich. Die Einsamkeit, la Soledad ...

»Mama, warum heißt der Fluß la Soledad?«

»Alvaro, die Soledad ist kein Fluß, sondern ein Bach ... Er heißt so, weil er schon immer allein war.«

»Also, deshalb heißt er Soledad. Und ist er nicht traurig?«

»Nein, bestimmt nicht. Du magst ihn so, daß er nicht traurig sein kann. Schließlich erzählst du ihm Geschichten.«

»Aber Mama, warum ist er so groß?«

»So groß ist er gar nicht. Eines Tages wirst du andere sehen, viel, viel größere.«

»Für mich ist er groß.«

»Ja. Dann genieße diese große Einsamkeit.«

»Mama, wann kommt Großvater?«

»Vielleicht heute abend. Er schläft bei uns, er ruht sich aus, und morgen spielt er mit dir. Danach geht er vielleicht wieder.«

Wie gern mag ich die Abende, an denen Großvater kommt! Er kommt immer abends. Er ist müde, schweigsam. Seine Haut ist weiß. Seine Augen sind tiefschwarz, seine Hände sind lang, seine Finger sehr lang.

Er läßt mich auf seinen Schultern reiten. »Alvaro, gehen wir an deinen Bach! Laufen wir durch die Soledad!« Und gemeinsam brechen wir auf.

»Großvater, ich bin glücklich! Ich bin so groß wie die Bäume!«

»Natürlich, du bist ja auch auf meinen Schultern.«

»Großvater, rede mit mir!«

»Was willst du? Besser redest du mit mir. Du kennst Geschichten, erzähl mir Geschichten, Alvaro!«

»O nein, Großvater. Du, du weißt so viel!«

»Ich bin alt, aber ich höre dir so gerne zu, deiner hohen Stimme.«

»Großvater, gehen wir an die Soledad?«

»Ja.«

Und langsam steigen wir hinunter, an diesem Bach entlang, der das Dorf zerteilt. Manchmal füllt er fast die kleinen Täler zwischen den Bergen aus. Wenn er im Aprilregen anschwillt, wird er sehr mächtig. Er tost, er schnarcht wie Großvater. Er spricht, er schreit. Oft haben die Leute Angst, sie rufen die Kinder ins Haus. Wenn sie wütend ist, kann die Soledad sogar ein Haus mitreißen. Ja, das Haus knickt hinten ein, es rutscht langsam los, weil der Fluß überall eindringt. Aber die Einsamkeit ist auch freundlich. Sie beruhigt sich, wenn der Regen aufhört. Sie schwillt ab, sie wird kleiner. Dann kann ich sie besuchen.

Die Leute haben Angst vor dir, aber ich nicht. Wenn du tost, dann schnarchst du wie Großvater. Das beruhigt mich, ich habe keine Angst. Ich glaube, wenn du mich mitnehmen würdest, Einsamkeit, dann hätte ich auch keine Angst vor dir. Ich mag es, daß du allein bist und daß ich es bin, der dir Geschichten erzählt. Mein Fluß!

Großvater beugt sich hinunter, kniet sich fast hin, um mich absteigen zu lassen. Ich liebe das, was dann passiert: Er streckt seine langen Arme ins Wasser, und ich tauche meine Hände hinein. Ich schließe die Augen. Wie schön es ist, die rollenden Kieselsteine zu spüren.

»Muß ich die Augen aufmachen?«

»Nein.«

»Und wenn ich ausrutsche?«

»Es passiert dir nichts, ich bin ja gleich neben dir.«

»Großvater, ich würde gern in den Fluß rutschen, ich würde gern reisen. Fließt er sehr weit weg?«

»Bis zum Meer.«

»Ja? Die Einsamkeit reicht bis zum Meer?«

»Ja, aber von Zeit zu Zeit trifft sie andere Flüsse, und alle zusammen kommen dann bis ans Meer.«

»Großvater, dann werde ich eines Tages aus dem Dorf weggehen?«

»Ja, wenn du dich vom Fluß einhüllen läßt.«

»Deswegen mag ich den Fluß.«

»Ich auch. Aber geh nicht allein an den Fluß. Komm mit mir, erzähl ihm Geschichten, sing ihm etwas vor. Dann wird die Einsamkeit viel freundlicher.«

»Großvater, warum mag ich die Einsamkeit?«

»Weil sie ein Fluß ist.«

»Der Fluß, die Einsamkeit, das ist mein Freund, meine Freundin.«

»Alles, was du willst.«

»Großvater, warum hast du braune Flecken auf den Händen?«

»Weil ich alt geworden bin.«

»Ich hätte gern solche Hände wie du. Wann bekomme ich kleine Flecken?«

»Wenn du ganz viel Zeit hast.«

»Ach, Großvater, immer die Zeit! Werde ich Zeit haben?«

»Vielleicht ... Ich weiß es nicht. Ich bete zu Gott, damit du Zeit hast.«

»Bleiben wir immer zusammen?«

»Das hängt von der Zeit ab.«

»Warum?«

»Das ist so. Siehst du, sie ist wie der Fluß. Was haben der Fluß und die Zeit gemeinsam? Hörst du das Geräusch?«

»Ja, deshalb komme ich so gern hierher. Weil da das Geräusch ist, aber ganz leise.«

»Ja, Alvaro. Du hörst das Geräusch des Flusses. Sieh, wie er atmet.«

»Großvater, das stimmt. Er atmet, er redet.«

»Er klingt, und er atmet. Wie die Zeit ... Ja, das stimmt, er tanzt, er tanzt, wie die Stunden, wie die Zeit.«

Später, bei Großvaters Tod, habe ich verstanden, daß im Fluß ein Rhythmus lag wie in der Zeit. Großvater war groß, mager, er hatte schwarze Augen. Später sagte man mir, daß er mit sechzig Jahren gestorben ist. Das war viel Zeit! Und ich hatte erst kurze Zeit gelebt.

»Mama, warum erinnere ich mich so gut an Großvater?«

»Weil du ein gutes Gedächtnis hast, weil du immer mit ihm zusammen warst, wenn er kam und dich mit an den Fluß genommen hat.«

Sehr viel später ging ich am Fluß entlang. Ich mochte ihn noch immer. Die Einsamkeit ... Die Einsamkeit ist schön, denn sie ähnelt der Zeit. Sie trägt einen Rhythmus wie sie. Die Einsamkeit ist die Zeit.

Das weiße Bier

Ich bin fünf Jahre alt.

Gestern abend, bevor ich einschlief, kam Mama und flüsterte mir ins Ohr: »Morgen wirst du fünf Jahre alt.« Es ist soweit, ich bin fünf, ich bin fünf Jahre alt! Ich rufe durch den Patio, durch das Haus: »Ich bin fünf, ich bin fünf Jahre alt!« Ich bin glücklich, ich bin groß. Ich laufe überall herum, ich klopfe an die Türen, ich erkläre meinen Schwestern: »Ich bin fünf, ich bin fünf Jahre alt!« Ich gehe in die Küche. »Mama, ich bin fünf Jahre alt!« Sie gibt mir einen Kuß. »Ja, du bist fünf Jahre alt, du bist groß.«

Ich gehe zu meinem Bruder. »Jorge, ich bin fünf Jahre alt!«

»Ach, was soll das schon heißen! Sei still, gib nicht so an!« Und achselzuckend fügt er hinzu: »Und wenn schon! Ich bin beinahe zehn.«

Da kommt der Kummer. Ich bleibe stehen, ich kann nicht mehr laufen. Plötzlich habe ich verstanden, daß ich nie größer sein werde als Jorge. Niemals. Ich merke, daß es einen Abstand in der Zeit gibt, so wie in der Größe, und daß ich Jorge nie einholen werde. Er wird immer größer sein als ich. Ich habe Kummer. Mit Tränen in den Augen laufe ich zu meinem Vater.

»Papa, ich bin fünf Jahre alt.« Er küßt mich und

nimmt mich auf den Schoß. »Ja, du bist fünf, du bist groß.«

»Papa, das stimmt nicht. Jorge wird immer größer sein als ich. Warum bin ich nach ihm geboren?«

»Das ist doch nicht schlimm. Du hast dich so wohl gefühlt, da, wo du warst, bevor du ankamst. So sehr damit beschäftigt, die Vögel anzuschauen, daß du nicht kommen konntest. Also ist Jorge zuerst gekommen. Er hatte es sehr eilig, aber du nicht. Siehst du, du spielst doch immer, du singst, du hüpfst, du kommst nicht zum Essen, wenn man dich ruft, du läßt dich immer von etwas ablenken. Jorge hat beim Essen immer Hunger. Deshalb ist er zuerst gekommen.«

Ja, das habe ich verstanden. Es stimmt, ich bin immer mit kleinen Dingen beschäftigt, mit Gürteltieren, mit kleinen Wesen, Insekten, Kolibris. Das ist es, was ich mag. Ich bin immer fasziniert von den Dingen. Jorge nicht. Deshalb ist er mir voraus. Ich beruhige mich, aber der Kummer ist nicht ganz verflogen.

Laut ruft Papa: »Hört alle her! Alvaro ist fünf Jahre alt. Heute gehe ich mit ihm hinunter ins Dorf. Wir werden gemeinsam feiern. Und dann feiern wir mit euch allen und mit Mama. Zieh dich ordentlich an, wir gehen hinunter ins Dorf!«

Mama wäscht mich, macht mich zurecht, ich bin fertig. Aber Papa ist beschäftigt. Er arbeitet, er zähmt Pferde. »Papa, Papa, ich bin fertig!«

»Warte noch ein bißchen auf mich!«

»Papa, der Tag geht zu Ende, und ich will, daß er

lange dauert, weil ich heute fünf Jahre alt geworden bin.«

»Keine Sorge. Wir haben Zeit für alles.«

Papa versteht nicht, daß ich Angst habe, der Tag könnte mir entgleiten. Die Zeit verrinnt mir immer zwischen den Fingern. Sie verschwindet. Und schon kann ich sie nicht mehr festhalten. Immer werde ich es schwer mit ihr haben. Sie ist da, und sie verschwindet. Ich liebe sie, aber sie macht mir angst. Mit dem Raum ist es anders. Ich kann überallhin laufen. Ich beherrsche den Raum, ich kann ihn berühren, ich kann kommen und gehen. Die Zeit dagegen ist voller Geheimnisse. Papa merkt nicht, daß ich wieder Kummer habe. Er ist groß, zu groß, wie ein Baum, und ich bin ganz klein. Er versteht nicht, daß ich es eilig habe. Eilig womit?

Der Tag rückt voran. Ich habe das Gefühl, er ginge zu Ende, und gleichzeitig wäre die Zeit stehengeblieben. Der Tag ist endlos, das denke ich. Papa kommt nicht so schnell, er ist beschäftigt. Man sagt mir: »Beruhige dich, wir rufen dich, wenn Papa fertig ist!«

Ich laufe an die Mauer. Da verstecke ich meine kleinen Gegenstände, damit Jorge sie im Haus nicht findet. Ich gehe an die große Mauer, ich betaste sie, ohne hinzusehen, von Anfang bis Ende. Manchmal spüre ich Löcher, ich lege die Hand hinein, ich berühre die Gegenstände. Aber ich habe Kummer.

Viel später kommt Papa. »So, mein Sohn, gehen wir!«

Ich bin glücklich. Der Kummer ist vollständig verflogen. Papa ist da, bei mir. Niemand kann ihn mir wegnehmen. Heute bin ich bei ihm. Das ist sicher.

»Papa, wohin gehen wir?«

»Auf den Platz, du siehst es gleich.«

»Aber auf dem Platz sind lauter große Männer. Sie werden mit dir reden, und ich kann das nicht.«

»Keine Sorge. Heute ist dein Tag.«

»Wohin gehen wir?«

»Auf den Platz, ich habe es dir doch schon gesagt.«

»Was machen wir auf dem Platz?«

»Wir gehen ins Café, und du bekommst ein großes weißes Bier.«

»Kinder gehen nicht ins Café!«

»Du bist ein intelligenter Kerl, Alvaro. Und die Leute werden sehen, daß du der intelligenteste Kerl im Dorf bist.«

»Ja, Papa. Ich bin fünf Jahre alt!«

Wir kommen auf den Platz. Er ist voller Pflastersteine, auf die ich trete. Da ist eine Kirche, da sind Häuser mit Obergeschoß, mit Dächern aus Ziegeln, mit Balkons. Wir gehen ins Café. Das ist ein Ort für Männer. Weder für Frauen noch für Kinder. Papa geht mit mir hinein und tritt direkt an die Theke.

»Meine Herren, zwei Bier! Ein weißes Bier für Alvaro und ein dunkles Bier für mich!« Da sind lauter Männer, die dicke Zigarren rauchen. Sie nehmen den Hut ab und begrüßen Papa. Er sagt zu mir: »Nimm deinen Hut ab, antworte den Herren!« Aber sie sehen mich nicht an.

»Papa, sie sagen nichts zu mir. Ich bin zu klein für sie.«

»O nein! Du bist zu groß, du merkst das gar nicht.«

»Ich bin das einzige Kind.«

»Und wenn schon! Die ganz Kleinen kommen nicht hierher. Du bist schon groß.«

Wir setzen uns an einen Tisch. Jetzt sehen die Männer mich an. Papa hat mich auf den Stuhl gehoben. Der ist so hoch, daß meine Beine baumeln. Ich bin zufrieden.

Der Kellner kommt mit einem Bier, das er vor Papa stellt. »Señor, für Sie.« Papa fragt: »Und das weiße Bier für Alvaro?« Der Kellner bedeutet ihm, daß er nicht versteht. Papa geht mit ihm an die Theke und sagt ihm etwas ins Ohr. Der Kellner verschwindet. Ich bleibe am Tisch sitzen und sage: »Papa, was ist los?«

»Er hat dein Bier vergessen. Es ist sehr gut, gleich bringt er es.«

Der Kellner kommt mit einem großen Krug wieder, den er hinter der Theke abstellt.

»Papa, was macht er da?«

»Er bringt dein Bier.«

Ich sehe, wie eine offene Bierflasche gebracht wird. Als ich davon trinke, merke ich, daß Milch darin ist.

»Aber das ist ja Milch!«

»Das ist Milch und Bier. Schau dir die Flasche an.«

»O ja! Das ist weißes Bier.«

»Ja, mein Kind, das ist weißes Bier.«

»Papa, willst du probieren?«

»Vielleicht morgen. Heute bleibe ich bei dem Bier hier.«

»Kann ich deins probieren?«

»Es wird dich ekeln.«

»Ja, du hast recht, Papa.«

Die Männer sehen mich an. Ich trinke meine Milch, so wie Papa sein Bier trinkt. Die Flaschen sind gleich, nur der Inhalt nicht. Ich bin zufrieden. Ich bin ein Mann. Ich bin groß.

Papa erhebt die Stimme. Als jemand eintritt, spricht er ihn an. Der andere Mann fragt: »Ist das Ihr Sohn?«

»Ja. Er ist heute fünf Jahre alt geworden.«

»A ja? Guten Tag, kleiner Mann!«

Papa sagt: »Antworte ihm! Sag guten Tag!«

»Guten Tag!«

An alle gewandt, fügt er hinzu: »Alvaro ist ein sehr intelligenter Kerl. Manchmal hat man das Gefühl, er ist kleingewachsen, aber er ist sehr groß. Er versteht die Geheimnisse. Deshalb habe ich heute morgen, als ich ins Dorf hinabgestiegen bin, gesagt: ›Ich komme mit meinem Sohn, dem intelligentesten!‹ Alvaro versteht alles. Deshalb kann ich stundenlang mit ihm reden. Stimmt's, mein Sohn?«

»Ja, Papa. Das stimmt, ich verstehe alles, ich mag alles.«

Ein Mann tritt näher. »Was magst du denn, Alvaro?«

»Ich mag Gürteltiere, ich mag Steine, ich mag Vögel, Kolibris, ich mag Schmetterlinge, ich mag Tiere, ich mag Pflanzen.«

»Aha«, sagt ein anderer Mann, »du magst ja sehr viel, Alvaro. Warum bist du immer so in deine Gedanken versunken?«

Man kennt mich im Dorf. Ich bin immer hinter Kleinigkeiten her. »Alvaro spricht wenig im Dorf. Er redet immer mit sich selbst, mit den Dingen.« In der Schule sagen sie: »Er hat seine kleinen Schätze. Die versteckt er.«

Ich bin glücklich, ich bin fünf Jahre alt. Ach, der Tag soll lange, lange dauern!

Ich weiß nicht, was sonst noch an diesem Tag passiert ist. Die Zeit verrann wieder. Vielleicht werde ich heute abend Jorge treffen. Ich habe keinen Kummer mehr. Aber es bleibt ein Geheimnis: die Zeit. Das hängt noch in meinen Gedanken. Die Zeit vergeht, sie bleibt stehen, sie hindert mich, Jorge einzuholen. Aber ich bin intelligent, wie Papa sagt. Jorge ist größer, aber ich habe die Zeit. Das ist es.

Was die Tanten erzählen

Meine Tanten, die Schwestern meines Vaters, hießen María, Josefina, Isabel und Griselda. Sie waren alle ungefähr gleich alt. Für mich als Kind waren sie die Großen. Sie waren wirklich sehr groß, mager, hellhäutig, mit langen Haaren. Und schweigsam, geheimnisvoll. Großmutter überwachte ihre Arbeit im Haus.

Dieses Haus stand im Dorf. Es war eckig, mit immer geschlossenen Fenstern, ein weiter Patio in der Mitte, Bäume, ein Garten und lange Bänke an den Enden der Veranden. Wir Kinder setzten uns abends auf eine Bank. Einer neben dem anderen, eng aneinandergedrängt. Es wurde dunkel, es gab keinen Strom. Die Tanten saßen am anderen Ende auf einer anderen Bank. Zwischen ihnen und uns lag der Garten.

Sie waren immer schwarz gekleidet, vom Scheitel bis zur Sohle. In unserer Familie trat alle vier oder fünf Jahre ein Todesfall ein, und die Trauer dauerte drei bis fünf Jahre. Wir hatten die Tanten fast nie in einer anderen Farbe gesehen. Abends drängten wir uns aneinander und warteten, bis sie alle vier auf der anderen Seite saßen und anfingen, laut zu sprechen. Es herrschte Schweigen und Dunkelheit. Das einzige Leuchten kam von ihren dicken Zigarren, von denen

Rauchkringel in die Luft stiegen. Das einzige Licht, und für uns das Geheimnis ...

Als erstes brachten sie uns, wenn wir auch noch klein waren, eine riesige Tasse kaum gezuckerten Kaffee. Sie tranken ihren aus den hohen Tellern, aus denen sie auch ihre rote Bohnensuppe gelöffelt hatten. Für uns war das die Plage des Abends, aber nach ihrer Meinung gab es nichts Besseres für ein Kind als eine Tasse Kaffee! Wenn das Gebräu erst geschluckt war und uns ein bißchen erwärmt hatte, warteten wir auf die Geschichten.

»Tante María, erzähl uns eine Geschichte!«

»Ich weiß keine. Für so etwas hat Josefina Zeit.« Und sie zog weiter an ihrer Zigarre.

»Josefina, erzähl uns eine Geschichte!«

»Heute bin ich müde; vielleicht morgen ... Fragt doch Isabel!«

»Isabel, erzähl uns eine Geschichte!«

»Habt ihr nicht gesehen, was ich heute nachmittag alles gemacht habe? Ach je, mit der Müdigkeit vergesse ich alles.«

»Und Griselda?«

»O nein! Ich lasse mir gern welche erzählen, aber selbst erzählen kann ich nicht.«

Tante Josefina gab schließlich immer nach. Sie saß am äußersten Rand der Bank, hustete ein paarmal, klemmte ihre Zigarre fest zwischen die Lippen, zog mehrmals daran und begann: »Wißt ihr, wer heute abend kommt?«

»Nein!«

»Still! Die Tränenfrau ... Die Tränenfrau ist ganz allein, sie ist todtraurig, mit sehr langen Haaren. Sie ist groß, geheimnisvoll, sie lebt im Wald. Man hat ihr Kind getötet. Sie weint jede Nacht und wartet auf den Mond, um sich auf die Suche nach ihrem Kind zu machen. In den mondlosen Nächten ist sie verrückt vor Schmerz, dann steigt sie aus dem Wald ins Dorf hinunter, läuft durch die Straßen und flüstert: ›Wo ist mein Sohn? Öffnet die Fenster.‹ Ein paar Fenster gehen einen Spaltbreit auf, eiskalte Luft dringt in die Häuser. Vor Kälte zitternd und zu Tode erschreckt, wachen die Kinder auf. Wenn die Tränenfrau ihr Gesicht einem Fenster zuwendet, um ein Kind anzusehen, dann stirbt es. Man sagt, sie habe es in ihrem Blick davongetragen.«

Tante Josefina verstummte kurz und hob mit schauerlicher Stimme wieder an: »Wo sind hier Kinder? Öffnet mir die Fenster!«

Kalt lief es uns den Rücken hinunter. Wir versuchten, uns aneinander zu wärmen.

»Weiter, Tante, weiter!«

Und sie fuhr fort: »Nun, sie kommt an den Platz. Sie muß über den Fluß, über unseren Fluß. Sie wird ihn überqueren, ich spüre es, sie ist schon nahe an der Brücke. Sie ist da ... Da ist Kälte, Kälte, die man hören kann. Sie ist schwarz gekleidet, sie hat sehr weiße Zähne. Weiße Tränen rinnen über ihr Gesicht, über ihren Körper, machen ihre Haare naß. Ihre Tränen bleiben auf der Straße zurück. Morgen früh werdet ihr sie sehen. Glaubt bloß nicht, das wäre Tau, es sind die Tränen der Tränenfrau.

Also, seid brav, schlaft heute abend schön, denn ich weiß nicht, ob ich oder María oder Isabel oder Griselda nicht vielleicht aus Versehen ein Fenster offenlassen! Verkriecht euch gut in euren Betten und betet, denn ich weiß nicht, ob die Tränenfrau uns die Erinnerung lassen wird oder ob sie euch mitnimmt.«

»Hör auf, Josefina! Genug Angst für den ganzen Abend. Zu viele Geschichten sind nicht gut. Fangt mit eurem Rosenkranz an.«

Die Geschichte verstummte. Die Zigarren brannten weiter. Und die Tanten beteten laut den Rosenkranz herunter. Wir antworteten, aber wir waren mit dem Kopf woanders, wir glühten innerlich. Die Tränenfrau, der Drachen mit drei Köpfen, das Maultier, das nichts als Schrecken kannte, die Madremonte, die Mutter der Berge – alle diese Gruseleien, alle diese nächtlichen Märchen stiegen hinab auf das enge Tal, das sich so weit oben in die Gipfel grub. Das Gebet vermischte sich mit der Angst, die Angst mit der Hoffnung. Eine Art stiller Genuß hielt uns wach, noch durch den Schlaf, den das Gebet über uns ausbreitete.

Es ist Sonntagmorgen. Wie erschrockene Tauben rumoren die Tanten in ihren Alkoven. Sie stehen auf, frisieren sich. Man hört, wie ihre hochhackigen Schuhe auf dem Boden klappern, wie ihre langen Kleider über die Möbel streifen, über die Betten. Ein seltsames, ungewohntes Geräusch. Sie sprechen ganz leise, raunen sich etwas zu. Ihre Stimmen werden zum Flüstern. Großmutter mag nicht, wenn man schreit, auch nicht, wenn man zu lange redet.

Sie kleiden sich an. Wir Kinder bleiben im Bett. Es ist fünf Uhr morgens, sie gehen zur Messe. Sie sind soweit. Wir ziehen uns auf die Fensterbänke hinauf. Sie denken, wir würden schlafen. Für uns ist ihr Aufbruch wie ein Rätsel. Sie schließen die Tür. Alle vier haben ihre Haare zum Knoten aufgesteckt und tragen schwarze Kleider bis an die Füße.

María, die älteste, geht voran, hinter ihr kommen Josefina, Isabel und Griselda. Großmutter ist immer die letzte. Sie gehen die Straße hinauf. Ich weiß, daß sie gleich rechts abbiegen und über die Brücke gehen, und hundert Meter weiter kommen sie zu dem gepflasterten Dorfplatz und den einstöckigen kleinen Häusern mit Balkons. Ein paar Bäume in der Mitte, ein Brunnen und die Kirche, riesig, beeindruckend in einem so kleinen Dorf, eine Kirche, die alles verschlingt. Alles wird von ihrer Glocke gerufen, angeleitet. Eine ganze Welt für sich. Wir stellen uns vor, wie sie hinaufgehen, wir hören ihre Absätze auf den Steinen. Sie gehen hinein, wir warten. Wenn die Glocke nochmals läutet, gehen wir wieder ins Bett.

Bei Tagesanbruch werden sie zurückkommen, ruhig und schweigsam. Sie werden ins Haus gehen und alle Fenster öffnen, um uns zu wecken. Noch ganz schlaftrunken, werden wir eine Tasse Kaffee fast ohne Zucker bekommen. Später gibt es noch warmen Kakao, dazu Maisfladen. Der Sonntag beginnt voller Hoffnung.

Josefina kündigt an: »Heute abend gibt es eine Geschichte, eine geheimnisvolle Geschichte. Ich erzähle euch die Geschichte vom Land ›Hinein und nicht wieder heraus‹.«

Den ganzen Vormittag trippeln wir hierhin und dorthin. Wir gehen mit Großmutter auf den Markt zum Gemüsekaufen. Dann ist Messe für die Kinder. Danach ein langer, sehr langer Nachmittag, so lange muß man warten, bis die Nacht wiederkommt. Und dann werden wir uns auf unsere Bank hocken, und die Tanten werden sich nebeneinander auf die andere setzen, drüben am Ende des Patio, und wir werden die Geschichte hören.

Es ist ungefähr sechs Uhr abends. Die Sonne macht sich aus dem Staub, und ohne Vorwarnung bricht die Nacht herein. Wir leben nahe am Äquator. Es gibt keine Jahreszeiten. Es wird gegen sechs Uhr morgens hell, und gegen sechs Uhr abends versteckt sich die Sonne. Es ist immer gleich, immer die gleiche Bewegung.

Es ist Zeit für die Geschichte.

Josefina hustet mehr als sonst. Wir verstehen. Unsere Geschichte für heute. Sie kommt bei uns vorbei, lächelt sanft, streicht uns über die Köpfe. Sie ist so groß, sie hat so herrliche, so lange Hände, schöne Haare, so dunkle, tiefschwarze Haare, ein weißes Gesicht und Zähne, die ein bißchen seltsam sind, weil der Tabak ein paar Schatten hinterlassen hat.

Die vier Schwestern lachen wenig, sie lächeln immer. María steht der Ernst auf der Stirn, sie kneift die Augen zusammen und kräuselt die Brauen, um uns zum Schweigen oder zum Zuhören zu bringen. Josefina ist immer strahlend und schweigsam. Die schöne Isabel, die lustigste, die einzige, die zum Einkaufen ins Dorf zu gehen und den Klatsch mit nach Hause zu bringen weiß. Griselda, die hellhäutigste, die einzige, die heiraten wird . . . Vielleicht ist sie die tragischste von allen.

»Heute, Kinder, hört ihr mir still zu bei der Geschichte vom Land ›Hinein und nicht wieder heraus‹, *El País de Irás y no Volverás* ... Es war einmal ein König, der war sehr schön und wollte jenseits der Meere seine Königin erwählen. Aber als er sich eines Abends im Herbst dazu anschickte, sagten die Bäume des Landes traurig: ›Wir haben keine Blätter, die Frauen und Mädchen sind mager zu dieser Jahreszeit. Oh, guter König, erwählt Eure Frau nicht jetzt, wartet auf den Frühling.‹

Der König, der schön war wie eine Sonne, hielt es nicht mehr aus. Wie ein Pferd scharrte er fieberhaft. Und da verliert er sein Herz an ein Mädchen, das schön ist und geheimnisvoll wie der Mond. Er weiß nicht, daß ihr Name Lüge ist, und sie weiß nicht, daß sein Name Wahrheit ist. Das Land ist sehr schön, weit weg, jenseits der Meere. Wenn Alvaro eines Tages über das Meer fährt, kann er dorthin kommen. Hilda, ring nicht deine Hände, du wirst auch hinfahren, aber langsam! Liliane, so, wie du schaust, willst du auch dorthin. Ich verspreche dir, du fährst los, aber nicht im Herbst! Wißt ihr, in jenem Land der Jahreszeiten passieren seltsame Dinge. Es ist dort nicht wie hier, wo alles ruhig und voller Licht ist. Dort verändert sich alles ständig.

Zwischen Wahrheit und Lüge gehen Geschichten um, geschehen Dinge. Da wählt der schöne König seine Königin. Er ist so froh, daß er sie auf sein Pferd nimmt und in sein Schloß bringt. Aber da er eine Augenkrankheit hat, sieht er nicht, daß sie seltsame Zähne hat und noch seltsamere Augen. Abends sind sie dunkel, morgens sehr hell. So hell, daß die Männer, die sie beobachten wollen, wenn sie durch ihr Königreich spaziert, in ihrem Blick ertrinken.

Manchmal, wenn sie spricht, öffnet sie die Lippen, und was Worte hätten werden sollen, wird zu Rätseln. Sie sagt erstaunliche Dinge. Wer vorüberkommt, hält ihre Worte für wahr und nimmt sie mit wie hübsche Geschenke. Zu Hause, wenn er sie auspackt, merkt er, daß die Geschenke vergiftet sind, denn wenn die Königin den Mund aufmacht, dann nicht ohne Grund.

Eines Morgens steht der König auf und holt seine Königin. ›Laß uns spazierengehen! Welche Jahreszeit haben wir gerade?‹ Sie fragt: ›Spürst du nicht den Anflug von Wärme im Palast?‹ Der schöne König, der alles glaubt und die Wahrheit liebt, antwortet: ›Wenn du es sagst, dann stimmt es.‹ Er merkt nicht, daß eigentlich Winter ist. Er nimmt seine Königin bei der Hand. Und Hand in Hand steigen sie vom Schloß ins Land hinab.

Der König tritt an den Teich und sagt zur Königin: ›Sing mir ein Lied!‹ Sie öffnet die Lippen, und Musik steigt ins Tal hinauf. Die Menschen kommen aus ihren Häusern, schlagen Türen und Fenster auf und fragen sich, woher nur diese schöne Musik kommt. Alle wundern sich. Sie singt und singt, und der Tag zieht vorüber. Die Menschen denken, sie wären glücklich, sie hören auf zu arbeiten. Die Schule fällt aus, so lang dauert der Gesang. Auch der König hört zu, er überläßt sich seiner Phantasie, man sagt, er träume. Das Dorf träumt, das Land träumt, und die Königin singt. Aber die Fische im Teich sind furchtsam, zu Tode verschreckt, sie verstecken sich. Sie wissen, Gott weiß, wie, daß die Lüge aus dem Mund der Königin kommt.

Also, Kinder, hört nicht auf die Gesänge des Teiches. Die Fische wissen genau, was wahr ist und was falsch. Das Dorf träumt manchmal auch ganze Wochen lang. Sogar Isabel hat neulich gesagt, es wäre Sonntag, aber sie hat sich getäuscht. Seit Monaten meint sie, es wäre Sonntag. Sie träumt . . .«

Liliane fragt: »Tante, träume ich auch?« Josefina antwortet: »Was hörst du?«

»Nichts, Tante.«

»O nein, dann träumst du nicht, meine Hübsche. Du bist wie die Fische. Jorge, was hörst du?«

Jorge ist eingeschlafen. Er findet Geschichten langweilig.

Ich rufe aus: »Ich höre herrliche Dinge! Oh, ich ginge so gern in das Land ›Hinein und nicht wieder heraus‹!«

»Alvaro, deine Phantasie wird dir noch übel mitspielen! Bleib bei uns, geh nicht fort! Sei auf der Hut wie Liliane, hör nicht hin, schau die Fische an!«

In dieser Nacht träumte ich von Fischen, von schönen Fischen, die nichts sagten. Sie lächelten, das Wasser war klar. Wir stiegen ihnen auf den Rücken. Es gab keine Geschichten, aber es waren Bilder auf dem See, auf dem Meer. Und alles war wahr.

Andrea und die Farben

Die alte Andrea wohnt weit weg von uns, ganz unten am Hang. Ich mag diesen Ort nicht. Er ist wunderlich. Mir ist, als käme das Licht dort niemals hin. Andrea ist zahnlos, ihre Haare sind schütter. Sie lacht kaum, lächelt sehr wenig. Andrea ist immer schlechter Laune. Manchmal muß ich mit meinem Bruder Jorge unten Holz holen. Dann muß man vor Andreas Haus vorbei, und sie sitzt immer an der Tür oder am Fenster. Lange bevor wir dort sind, schließe ich schon die Augen und bitte Jorge: »Sag mir, wenn wir an Andreas Haus vorbei sind.«

Ich sehe sie nicht, aber ich höre sie rufen: »Alvaro! Mach die Augen auf, ich bin da!« Und ich antworte: »Ich habe dich nicht gesehen, Andrea, ich bin blind! Du bist nicht da, es gibt dich gar nicht!« Sie weiß, daß ich schon immer Kieselsteine mochte, schöne Steine, farbige Steine. Ich habe einige in den Hosentaschen. Meine Hände sind immer geschlossen, weil ich meine Steine anfasse, sie zähle. »Sag mir, was du in den Händen hast, Alvaro!«

»Andrea, ich sage es noch mal, ich sehe dich nicht, es gibt dich gar nicht!«

»Aber wenn es mich nicht gibt, warum antwortest du mir dann?«

»Du bist ein Echo, Andrea, und das Echo ist lebendig.«

Mein Bruder flüstert mir zu: »Beruhige dich. Wenn du die Augen aufmachst, wirst du keine Angst mehr haben.«

»Sie ist so häßlich.«

Wir gehen weiter. Mit geschlossenen Augen folge ich Jorges Schritten. Ich höre immer noch Andreas Stimme: »Du wirst wieder Angst haben auf dem Rückweg, denn da siehst du mich wieder!«

»Ich werde dich nicht sehen, ich mache die Augen zu, und dann gibt es dich nicht.«

Ich vergesse Andrea, als ich mit Jorge Holz sammle. Ich bin froh, mit meinem Bruder zusammenzusein. Heute hat er es mir erlaubt. Unsere Spiele sind verschieden, seine Freunde sind nicht meine. Sie finden mich seltsam, weil ich immer in den Wolken schwebe. Ich langweile mich, wenn ich mit ihnen spiele, und Jorge langweilt sich, wenn er mich beschützen muß. Jorge vergißt mich, und ich vergesse alles. Trotzdem bin ich heute abend mit Jorge zusammen. Er ist allein mit mir.

Wir gehen noch weiter bergab, um trockenes Laub zu holen. Ganze Hände voll. Ich habe meine Steine in den Taschen. Immer noch mit Jorge. Wir müssen wohl heimgehen.

Auf dem Rückweg warnt Jorge: »Gleich kommen wir bei Andrea vorbei. Keine Angst, vielleicht ist sie ja an ihrem Fenster eingeschlafen.«

Ich weiß, daß sie nicht schläft, daß sie schon seit Jahren nicht mehr schläft. Ich glaube, sie hat Dinge gehört, die sie nie vergessen wird. Deshalb verfolgt sie die Kinder. Sie ist unglücklich.

»Jorge, ich mache die Augen zu.«

»Noch nicht, Alvaro, es geht noch hinauf, wir sind noch nicht da.«

Ich gehe weiter. »Jorge, kann ich jetzt die Augen zumachen?«

»Ja, los.«

Wieder klingt Andreas Stimme: »Alvarooo!«

Aus ihrem zahnlosen Mund kommt das O von Alvaro. Es klingt häßlich. Es ist ein ganz anderer Klang als der, der aus Papas oder aus Mamas Mund kommt. Es ist ein seltsames Echo, das ich nicht mag. Weil ich sie nicht beleidigen will, schließe ich einfach nur die Augen. Man darf sie nicht sehen. Wir gehen den Berg hinauf. Plötzlich, als wir vor ihrem Haus sind, hören wir ein Geräusch. Sie versucht, ihre Tür zu öffnen, und wir rennen davon. Beim Laufen verliere ich Holz. Jorge kehrt um und sammelt die Zweige eilig auf. Sie ist nur an ihrer Tür vorbeigestrichen. Ein bißchen außer Atem, steigen wir weiter. Jorge beginnt zu lachen.

»Dir hat sie angst gemacht, diese verrückte Andrea, aber mir nicht!«

»Und warum bist du so gerannt, Jorge?«

»Schließlich mußte ich dich beschützen!«

Das stimmt nicht. Auch er hat Angst gehabt.

Am Abend kommt Papa heim, müde ist er.

»Was habt ihr gemacht? Ist genug Holz da?« fragt er.

»So einigermaßen. Ich glaube, sie hatten Angst vor Andrea«, erklärt meine Mutter. Und Papa meint lachend: »Nächstes Mal, Alvaro, gehst du mit weit geöffneten Augen vorbei, und du sagst: ›Andrea, ich bin ein Zauberer. Ich habe keine Angst vor dir. Schau mich genau an. Du wirst etwas in mir sehen, und Angst wirst dann du haben. Ich werde für dich beten, wenn du stirbst.‹«

»Papa, das bringe ich nicht fertig.«

»Aber ja doch! Wir haben nicht genügend Holz im Haus. Morgen gehst du ganz allein hinunter, ohne Jorge. Und vergiß meinen Rat nicht!«

Papa kommt heran, er sieht mich fest an. »Du hast Kraft im Blick, mein Kleiner! Runzle ein bißchen die Stirn, so! Noch ein bißchen, ja, so! Und dann sagst du ihr, was ich dir eben gesagt habe.«

»Ja, Papa.«

Ich gehe ins Bett, und ich träume von Andrea.

Am nächsten Tag, oder vielleicht ein paar Wochen später, stehe ich ihr gegenüber.

»Andrea, Papa sagt, ich bin ein Zauberer! Ich soll dir sagen, daß ich für dich beten werde, wenn du stirbst. Schau, ich habe keine Angst vor dir!«

Und ich sah Andreas Augen weinen. Ja, sie fürchtete sich vor dem Tod. Von diesem Tag an hatten weder sie noch ich Angst. Ich lächelte, wenn ich bei ihr vorbeikam. »Andrea, ich werde für dich beten.« Und ihr Haus war schön geworden. Wenn ich ganz unten im

Dorf war, legte sich mein Blick auf ihr Haus und auf ihren eigenen Blick. Ich sah die Sonne auf das Dorf fallen und bis zu ihr hinunterreichen. Ja, ich malte Andreas Haus mit Sonne bunt an. Alles war schön. Man mußte einander ansehen, mußte verstehen, daß alles über die Augen geht.

Die Jahre verstrichen, und ich merkte, daß ich nicht mehr mit Farben malen mochte. Ich war dreizehn oder vierzehn Jahre alt. Ich hatte einen Malkasten geschenkt bekommen, aber die Farben darin waren nicht so kräftig wie meine inneren Farben. Wenn von mir verlangt wurde, ich solle zeichnen, verwendete ich Grau und Weiß. Später liebte ich das Schwarz der Tusche, denn es enthielt die Farbe, und man brauchte von außen nichts hinzuzufügen. Ich hatte zu viele Farben in mir.

Sie sind noch immer da. Ich brauche nur die Augen zu schließen, um alles anzumalen. Hier, in Paris, und jetzt, an diesem schönen Abend, strecke ich meine Hand in der Wohnung aus. Ich lasse sie bis zum Atlantik ziehen, lasse sie auf mein Land hinuntergleiten, und ich streichle meine Berge. Es ist nicht schwierig. Mein Dorf und meine Farben sind bei mir. Ich kann kommen und gehen, ohne daß ich mit meinem Körper dort sein müßte. Ich muß nur die Hand ausstrecken und die Augen schließen.

Spaziergang im Schatten

Heute ist der Tag des Spaziergangs, der schon lange angekündigt war. Mama weckt uns früh am Morgen, meine Schwester Elsa und mich. Sie nimmt nur die Kleinen mit. Die Großen sind schon mit Papa unterwegs und holen Holz; vielleicht gehen sie auch bei Großmutter vorbei.

Mama bereitet etwas zu Essen vor: Reis, Bananen und noch mehr, alles ist in Bananenblätter eingewickelt. Wir freuen uns. Sie will Blüten und Blätter von den Zitronen- und Orangenbäumen pflücken, die später, in einer Mischung mit Essenzen, die Wäsche zum Duften bringen. Aber jetzt hat sie andere Dinge im Kopf. Wenn wir heimkommen, können wir Obst essen, und für Papa wird sie ein Gericht kochen, das er schon immer geliebt hat: schwarze Bohnen mit Speck, dazu *arepas* aus gelbem Mais, aus ganz frischem Mais, der noch nicht verarbeitet ist.

Wir wundern uns, als wir sehen, daß Mama sich das Gesicht pudert.

»Warum nimmst du Puder?«

»Um die Hitze der Wangen zu kühlen. Sie sollen nicht allzu kräftig rot sein. So sind die Frauen schöner.«

Mit oder ohne Puder, wir lieben sie und finden sie schön.

Wir gehen los, Mama, Elsa und ich.

Wir müssen unsere lange, lange Straße hinuntergehen, durch den Friedhof und über den Bach. Viel weiter unten müssen wir dann eine große Wiese durchqueren, um bis an den Fuß des anderen Hügels zu kommen. Dort wachsen in einem Garten mit wallendem Gras die Orangen- und Zitronenbäume, die niemandem gehören. Sie sind das Ziel unseres Weges.

Wir können erst am späten Vormittag losgehen, denn Mama muß noch unvorhergesehene Dinge erledigen. Enttäuscht und unruhig irren Elsa und ich durchs Haus und überschütten sie mit Fragen: »Wann gehen wir los, wann gehen wir los?« Unsere arme Mutter tut, was sie kann, damit wir aufbrechen können.

Endlich ist es soweit. Ich ziehe voraus, meinen Stock in der Hand. Elsa hat nach Mamas Rocksaum gegriffen, sie bleibt die ganze Zeit an ihr kleben. Und wir laufen bergab. Unten werden wir unter den Bäumen hindurchgehen, diesen großen Bäumen, wie sie die Kindheit seit jeher faszinieren. Unter den Bäumen werden wir auf die Schatten warten.

»Mama, gehen wir unter den Schatten durch?«

»Wenn wir ein bißchen länger brauchen. Eigentlich muß man gegen Mittag dort sein.«

»Warum?«

»Du wirst schon sehen. Dann beginnen die Bäume sich mit der Sonne zu unterhalten; wenn wir darunter hindurchgehen, siehst du, wie der Schatten dir allmählich vorauszieht. Es hängt davon ab, wann wir da sind. Es hängt davon ab, ob es vor oder während dieser Unterhaltung ist.«

»Mama, ich will vorher und nachher da sein.«

»Nein, niemand kann dabeisein, wenn die Bäume mit der Sonne reden. Du wirst das gleich verstehen. Wenn du vorbeigehst, während sie sich unterhalten, fällt der Schatten auf dich, ohne daß du ihn siehst. Wenn du wartest, überholt er dich langsam. Wenn du noch länger wartest, geht das Gespräch weiter, und der Schatten überholt dich ganz und gar.«

Wir sind glücklich. Wir laufen vorsichtig, denn unsere bloßen Füße sind sauber, und auf den Steinen sollen sie nicht schmutzig werden. Der Weg ist schön, friedlich. Wir springen zwischen den Felsen herum, und wir kommen den Bäumen immer näher. Mama sagt: »Jetzt muß die Unterhaltung zwischen den Bäumen und der Sonne anfangen. Warten wir ein bißchen.«

Wir betreten den Friedhof, wo sehr alte Verwandte seit langem schlafen. Wir kommen am Grab einer Verrückten vorbei, einer liebenswürdigen Alten, die ihre langen Haare mit Blumen schmückte. Da ist sie, heiter. Mama sagt uns: »Sprecht leiser, wir dürfen sie nicht stören.« Ich stelle mir vor, wie sie lächelt, ihren offenen Mund über den Zahnlücken, ich sehe ihre geschlossenen Lider, ihre Haare, die sich um den

Körper winden. Die Blumen sind immer noch da, vielleicht verblüht ... Man nannte sie Rosamunda, weil sie immer Rosen bei sich hatte. Natürlich war sie für andere nicht so rosig, nicht so schön. Aus ihrem immer offenen Mund, zwischen den Zahnlücken hervor, sabberte sie unaufhörlich. Sie wandelte unter den Bäumen. Wenn sie ins Dorf hinaufstieg, lachte sie und machte uns Zeichen, zwinkerte uns zu. Ich holte immer eine Orange oder eine Banane für Rosamunda aus dem Haus. Sie nahm die Frucht in die Hand und ließ sie hinter ihrem Rücken verschwinden. Später holte sie sie hinter ihrem Ohr hervor, und ich dachte, sie hätte damit gespielt. Die Frucht glänzte jetzt mehr. Wahrscheinlich hatte sie sie an ihrem Rock gerieben ... Sie lachte, zeigte sie uns, jetzt, wo sie schöner war als vorher, und ging davon. Ich habe das Gefühl, Rosamunda schläft seit langer Zeit, aber vielleicht ist sie erst letzten Sommer gestorben. Sie liegt unter einem Stein, wie hingeworfen. Noch immer groß, noch immer mit Zahnlücken, noch immer lächelnd, noch immer voller Speichel, noch immer mit ihren lachenden Augen. So ist sie, Rosamunda.

Hier erhebt sich das Grab der Urgroßmutter, die in Spanien lebte, Papas Großmutter. Sie war schön, sie sang.

Da ist ein Onkel, der an einer seltsamen Krankheit gestorben ist. Jemand hatte ihn in der Nacht geküßt. Er konnte nicht sagen, wer. Am Morgen war er so zufrieden, daß man ihn lächelnd auf seinem Bett antraf, von seinem Lächeln waren die Leute hingerissen. Wer hatte ihn geküßt? Diese Frage hat mich immer gequält. Ich lache, als ich an seinem Grab vorbeikomme, denn ich spüre unter meinen Füßen, wie er lächelt – mit diesem Lächeln, von dem alle hingerissen waren. Er ist einfach so gegangen, in der Nacht geküßt, niemand weiß, von wem, und er ist daran gestorben. Das hat Mama gesagt. Später erzählte jemand, daß es anders war mit seinem Tod, aber ich habe immer an Mamas Geschichte geglaubt.

Schließlich kommen wir an das Grab, das meine Mutter sauberhält und an dem sie meistens in Tränen ausbricht. Jemand, den sie liebte, eine Freundin ihrer Jugend schläft dort.

»Mama, könnte man nicht auf dem Friedhof ein paar Sachen verändern?«

»Was denn zum Beispiel?«

»Zum Beispiel unseren Onkel und deine Freundin näher zusammenrücken?«

»Alvaro, diese Dinge liegen nicht in unserer Hand. Wenn sie sich nicht getroffen haben, dann ist es nicht an uns, sie jetzt zusammenzubringen. Wenn sie sich getroffen haben, dann ist es auch nicht an uns, uns einzumischen. Kümmere dich nicht darum. Aber wer weiß?«

Dieses »Wer weiß?« macht mich nachdenklich. Ich habe sie schon zusammen gesehen, meinen Onkel und die Freundin meiner Mutter.

»Mama, woran ist sie gestorben?«

»An Kummer.«

»Hast du auch Kummer?«

»Ach! Mir kann es nicht schlechtgehen, mit deinem Vater und den schönen Kindern, die ich habe.«

»Mama, kommen die Toten heute abend heraus?«

»Das kann sein, um die Sterne anzusehen.«

»Aber Großmutter sagt, daß sie auf dem Sternenfriedhof liegen.«

»Wenn du es schon weißt, warum fragst du mich dann?«

»Mama, warum sind sie da?«

»Sie sind da und sind nicht da. Wenn man sie begräbt, sind sie da. Später sind sie nicht mehr da.«

»Wieviel später?«

»Das weiß man nicht. Manchmal ein paar Stunden später, manchmal ein ganzes Leben.«

Ich bleibe stumm. Ich möchte nicht gerne so lange liegenbleiben.

»Mama, nehmen sie die drei Wege, die ans Ende der Welt führen?«

»Natürlich. Mach dir doch keine Sorgen um die Toten. Beruhige dich.«

Wir machen uns wieder auf den Weg und kommen zu den Bäumen, unter denen wir essen werden. Meine Mutter macht ein kleines Päckchen auf. Ruhig breitet sie das Essen vor uns aus und lacht, während sie uns beobachtet. Ich schnuppere nach dem Duft, der aus dem Bananenblatt dringt, und öffne die anderen Päckchen. Hervor kommen bunter Reis, Kartoffeln – und etwas, das wie Fleisch aussieht.

»Mama, Fleisch!«

»Ja, das ist die Überraschung.«

Heute ist Fleisch in unserem kleinen Päckchen!

Hungrig, wie sie immer ist, verschlingt Elsa ihre Portion. »Alvaro, ich schenke dir etwas, wenn du mir ein bißchen von deinem Essen abgibst«, sagt sie, als meine Mutter wegschaut. Nachdem sie verputzt hat, was ich ihr angeboten habe, nimmt sie mich herzlich in die Arme und erzählt mir irgend etwas, das mich zum Lachen bringt. Meine Mutter erhebt sich leichtfüßig. »So, der Schatten ist da, die Unterhaltung ist zu Ende.«

Die Sonne lacht vom Himmel, und die Bäume sind bereit, uns ihren Schatten zu spenden.

»Mama, der Schatten der Bäume oder mein Schatten?«

»Der Schatten der Bäume, dein Schatten, Elsas und meiner, wir werden sehen. Gehen wir los, wir müssen hinunter.«

Und da laufen wir wieder im Gänsemarsch. Ich vorneweg, dann meine lächelnde Mutter, und Elsa, an ihrem Rocksaum klebend.

»Mama, ich sehe den Schatten!«

»Langsam, geh nicht zu schnell. Du mußt immer den Schatten sehen. Keine Sorge, wenn er vor dir ist.

Wenn er dir vorausgeht, schau ihn gut an. Sieh diese Figur, das ist deine, sieh sie genau an. Schau, wie leicht sie ist. So mußt du sie lassen. Heb den Kopf, halte den Rücken schön gerade, schau die Sonne! Nur keine Schande, immer den Kopf aufrecht gehalten! Ganz aufrecht muß man gehen, vergiß das nicht!«

»Wie lange bleibt der Schatten?«

»So lange, bis wir zum letzten Zitronenbaum gekommen sind.«

»Mama, wenn wir wieder hinaufgehen, haben wir dann Schatten?«

»Vielleicht, aber vielleicht wird er dann auch hinter uns zurückfallen.«

»Und wenn wir den Schatten festhalten, wenn wir vom Zitronenbaum kommen, und ihn mit nach Hause nehmen?«

»Laß den Schatten dich begleiten, wie er will, stör ihn nicht. Er ist da, wenn er kann. Manchmal kann er nicht. Man darf ihn nicht einsperren.«

Immer laufen wir dem Schatten nach.

Seit dieser Zeit unterhalte ich mich, wenn er mir vorausgeht, mit den Bäumen und der Sonne.

Wir gehen mit ihm weiter und gelangen an den Unterlauf des Baches. Frauen waschen ihre Wäsche, und der Bach fließt weiter.

»Mama, gehen wir jetzt hinüber?«

»Warte noch ein bißchen.«

Elsa hat Mamas Kleid losgelassen und ist schon in

den Bach gestiegen. Das Wasser reicht ihr bis an die Knie.

»Nicht so schnell, Elsa! Du darfst nicht das Bett des Flusses berühren!«

»Das Bett des Flusses?«

»Ja, den tiefen Teil des Flusses.«

»Hat der Fluß ein Bett?«

»Natürlich. Wenn der Fluß Elsa in die Arme nimmt, läßt er sie vielleicht den Grund berühren.«

»Und was macht sie dann?«

»Dann legt sie sich ins Bett des Flusses.«

»Aber ist es immer naß?«

»Ja, so ist das Leben.«

Ich verstehe überhaupt nichts. Mama bleibt einen Moment stumm. Elsa kommt wieder. Wir sitzen nebeneinander am Rand des Baches, der an dieser Stelle fast ein kleiner Fluß ist.

»Mama, was gibt es noch außer dem Bett des Flusses?«

»Auf dem Bett des Flusses liegt das Wasser, das Elsa von den Knien bis zur Taille reicht.«

Elsa ist sich wieder abkühlen gegangen.

»Mama, wie heißt dieses Wasser, das auf dem Bett des Flusses liegt?«

»Die Strömung. Sie ist das Gefährliche, Alvaro, sie hat viel Kraft. Vorsicht! Schwimm tief unten und berühre das Bett des Flusses, aber halte dich fern von der Schicht in der Mitte, denn die Strömung kann dich sehr weit fortreißen!«

»Gibt es noch etwas im Fluß?«

»Ja, die Decke des Flusses.«

»Was ist das, Mama?«

»Siehst du das Wasser an der Oberfläche? Das ist die Decke des Flusses. Manchmal ist sie friedlich, manchmal wütend. Schau, da weiter unten, wo die Felsen sind. Da ist sie voller Zorn. Man darf den Fluß nicht nur nach seiner Decke oder seiner Strömung beurteilen. Man muß gleichzeitig sein Bett, seine Strömung und seine Decke anschauen.«

»Ist das immer so?«

»Ja, so lange, bis er in den Ozean mündet.«

»Bin ich ein Fluß?«

»Ja, du, ich, wir alle sind Flüsse, die zum Meer fließen.«

»Zu welchem Meer?«

»Zum Ozeanmeer ... Eines Tages wirst du es sehen. Wir sind auf dem Weg zu ihm.«

»Und wenn ich mich in das Bett des Flusses lege, kann ich dich dann immer weiter beobachten?«

»Ja, wenn du die Augen nicht zumachst. Aber man darf sich nicht zu schnell ins Bett des Flusses legen. Man muß auch am Rand bleiben. Das ist besser für mich, für deinen Papa und für deine Geschwister. Man muß den Fluß mögen, auf ihm laufen und dann herauskommen.«

Ich verstand nicht, daß sie vom Leben sprach, von uns allen. Ich sah nicht, daß wir in die Tiefe gehen und uns vor unseren Strömungen in acht nehmen müssen, daß unser Verhalten uns manchmal verrät, ohne daß wir ganz wir selbst sind. Ich habe noch viel Zeit gebraucht, bis ich verstand, was der Fluß ist.

Bolombolo

Es ist Februar. Noch keine Regenzeit. Man sagt, im April gibt es tausendfachen Regen, April und Mai sind die Schlüssel für das ganze Jahr, und der Februar ist der Monat des Sonderbaren. Wir Kinder sind da. Mama gibt uns zum Abführen *bacalao*-Öl: Lebertran. Was für ein bitterer Trank, und was für ein Gestank! Wir dürfen nur Orangen essen und nur ihren Saft trinken.

Ich hasse Orangen, damals schon. Seit jeher stehen sie für mich in Verbindung mit diesem *bacalao*-Öl. Da ich sie nicht ertragen kann, nehme ich mir eine dicke Banane und verspeise sie heimlich. Elsa kommt mir auf die Schliche. »Mama, Alvaro hat eine Banane gegessen!« Da heißt es: »Er wird krank werden.« Und tatsächlich, ich bin krank. Das ist nur recht so, jeder hat es vorhergesagt: »Wer etwas anderes ißt als Orangen, wird krank.« Ich bin schuld, ich habe eine Banane gegessen.

Ich muß ins Krankenhaus. Ich werde hingebracht. Der Schmerz ist furchtbar. Der Arzt ist nicht da; er ist in ein anderes Dorf gefahren, um einer Frau beim Gebären zu helfen. »Was machen wir jetzt mit Alvaro?« fragt Mama Papa. Er sagt: »Suchen wir einen anderen Doktor.«

Das Fieber steigt so weit, daß ich phantasiere. Die Tränenfrau und alle Drachen ziehen mir durch den Kopf. Meine Mutter macht sich Sorgen, mein Bruder und meine Schwestern umringen mich. Es heißt: »Mama muß mit Alvaro wegfahren, dahin, wo der große Fluß fließt, der Cauca, an der großen Brücke von Bolombolo.«

Bolombolo, das märchenhafte Wort, dessen Silben – »bo-lom-bo-lo« – schon immer in mir klingen wie ein Echo . . .

»Mama, werde ich Bolombolo sehen?«

»Ja, aber in was für einem Zustand. Wie schade, daß du so krank bist, wenn du schon einmal hinfährst.«

Bolombolo, das sind eine Brücke und ein kleiner Hafen am Fluß. Die Berge sind sehr hoch. Zu ihren Füßen fließt, tief eingegraben, der Cauca. Die Hitze ist heftig. Wir müssen vom Berg in ein tiefes Tal hinab, von dem aus ein weiteres abzweigt, wo es noch heißer ist.

Vom Wagen aus sehe ich die Plantagen mit Mais, Kaffee, Bananen, Zuckerrohr vorüberziehen, und noch mehr Zuckerrohr, Bananen, Kaffee, Mais. Ich phantasiere, ich bin hier und anderswo, hier und im Traum, hier und überall. Mama drückt mich an sich. Der Wagen ist unbequem, viele Fahrgäste sitzen darin. Wir haben nur mit Mühe einen Platz gefunden. Neben uns rauchen Männer, Frauen haben die Käfige mit ihren Tieren, Hühnern, auf dem Schoß. Sie sprechen laut, die Kinder schreien. In diesem Stimmengewirr verläuft die große Reise.

Wir verlassen die Kühle, es geht bergab. Die Straße macht Kurven und noch mehr Kurven. Ständig muß man um die Kurve fahren. Schwindel und Übelkeit stellen sich ein. Es dreht sich, dreht sich . . . Bald schon kann man den Fluß erahnen. Vor ihm ein Geräusch. Nach ihm die Hitze. Seltsam, dieses Geräusch und die Hitze, diese Feuchtigkeit, die aufsteigt. Ich habe Hitze nie gemocht, diese feuchte Hitze, die mir angst macht.

»Mama, hilf mir!«

»Halt durch, trink ein bißchen Wasser. Bald sind wir beim Arzt.«

Ein Mann ruft mit kräftiger Stimme: »Bolombolo!« Wir sind da. Der Wagen wird über die berühmte Brücke fahren. Aber er kommt nicht durch: Er ist zu schwer. Die Leute müssen aussteigen. Wir müssen zu Fuß hinübergehen, um den kleinen Hafen zu erreichen. Die Brücke ist lang, sie hängt über dem Fluß. Nie habe ich einen so großen Fluß gesehen. Der Cauca! Es ist heiß. Man hört Rufe: »Kokos, Bananen, Orangen, *guanabanas*!« Alle Früchte, alle ihre Farben ziehen vorbei. Das Fieber macht mich nervös, ich bin im Wahn und in der Hitze. Die Feuchtigkeit quält mich. Gott sei Dank halte ich die Hand meiner Mutter, die mir sagt: »Vorsicht, Alvaro! Ich kann dich nicht tragen.«

Die Holzbrücke windet sich wie eine Schlange. Wir müssen auf die andere Seite gelangen. Zwischen den Balken ist manchmal ein Spalt. Oft müssen wir beim

Gehen innehalten. »Alvaro, paß auf, daß du nicht ausrutschst!« Ich sehe die Löcher im Holz und ganz unten den Fluß. »Alvaro, Vorsicht, halt dich fest!« Mama trägt auf einem Arm ein großes Paket, ein zweites auf den Schultern, und sie hält mich bei der Hand. Ich bemühe mich, die Füße an die richtige Stelle zu setzen, sehe dabei Mama an. Ich versuche, nicht auf das Geräusch des Flusses zu hören. Ich habe Angst. »Alvaro, schau auf meine Füße und halte meine Hand gut fest! Denk nicht an den Fluß. Vergiß nicht, ich bin da!«

»Aber Mama, was soll ich machen? Der Fluß ruft mich.«

»Aber nein, schau auf meine Schritte und halte meine Hand fest.«

»Und wenn ich loslasse?«

»Das geht nicht, Alvaro, ich werde dich mit mir weitertragen. Unten oder oben, du bleibst immer bei mir.«

Das Vertrauen kommt wieder. Gleichgültig ist der Cauca, gleichgültig ist Bolombolo, ich bleibe bei ihr. Wenn ich bis nach unten in den Fluß rutsche, bleibe ich bei ihr. Und wenn ich nicht ausrutsche, bleibe ich auch bei ihr. Bolombolo ist der Hafen. Bolombolo ist die Brücke. Der Cauca ist der Fluß. Und weder der Fluß noch die Brücke, noch der Hafen machen mir angst. Mama sagt, daß ich immer bei ihr bleibe.

Ein Versprechen in der Hand

Ich wohnte in einem Zimmer ohne Mauern. Meine Hand verließ den bekannten Raum um den Körper und fuhr weit weg, dort hinunter, wo sich endlos die Cordillera erstreckt. Mein Handrücken strich über die Konturen. Pausenlos die Falten der Berge spüren, wie einen Körper, der immer menschlich bleibt, nie müde ist. Zurückkommen, ruhig die Arme verschränken, ohne daß die Bewegung stört. Ich weiß nicht, was das Herz da murmelt; etwas wie ein Gebet oder ein verzaubernder Singsang, schwerfällig. Noch einmal, noch einmal, noch einmal reden . . .

Die schmerzliche Erinnerung an den Vater, der sich nähert, sich entfernt. Die Prozession der Maultiere, in einer *recua*, auf dem Rücken die Lasten, die der Maultiertreiber ihnen anvertraut hat. Ein langer Tag, um auf die Cordillera zu steigen, im Gepäck die Hoffnung auf Leben, Nahrung, Kinder. Der Vater führt die Maultier-*recua* an. Er geht weg, und von weit her auf dem letzten Hügel sagt er noch einmal mit seinem Hut: »Auf Wiedersehen!« Der Vater geht weg mit seiner *recua* und diesen Worten auf den Lippen: »Ich komme wieder.« Man sieht ihn zwischen den Hügeln auftauchen und verschwinden.

In seiner Hand versucht das Kind, die Geste des Vaters festzuhalten, die ihm gegolten hat. Seine Finger schließen sich. Seine Hand umschließt die Hoffnung. Der Vater ist nicht mehr da. Die Finger geschlossen halten, bis er wiederkommt. Zur Faust geschlossen halten und im Herzen raunen: »Papa, Papa ...« Die Zeit dehnt sich wie der Raum. Und den Horizont ansehen, den immergleichen, ansehen ... Durchhalten, um diesen Horizont anzusehen.

Dieser Horizont, den ich ansehe, scheint zu leugnen, was die Hand festhält. Aber Papa hat gesagt: »Ich komme wieder.« Lange, lange Zeit, so lang, daß der Abend verdirbt in der Erwartung des Morgens.

Und da sagt Mama eines Tages leise: »Er kommt.« Später sieht sie mich an und flüstert: »Er ist schon nah.« Wir haben alle gewartet. Der Augenblick ist da. Er ist da, endlich.

Ich gehe sofort an meine Mauer, um mich wieder an das Leben zu erinnern. Mit meinem Stock in der Hand gehe ich langsam an ihr entlang, um meine Sorge zu vertreiben. Ich muß zweimal, dreimal auf und ab gehen. Ich höre die *recua*. Ich höre die Maultiere hereinkommen und den Vater eine bekannte Melodie pfeifen. Wenn er pfeift, weiß man, daß er sich freut.

»Er kommt«, sagt mir Liliane ins Ohr. Und ich laufe, verstecke mich unter dem Bett. Stark ist das Herzklopfen. Wie soll ich es besänftigen? Ich brauche die Weisheit des Vaters, um dem zu antworten, was das Herz verlangt.

Lange Minuten vergehen, vielleicht eine halbe Stunde. Die Gerüche dringen herein und mit ihnen die Worte, das Lachen der Geschwister, Papas Fragen: »Habt ihr Mama geholfen? Habt ihr die Kühe gemolken?« Und dies, und das . . . Dann Schweigen. Ich höre den schweren Schritt, der in das Zimmer kommt, in dem ich versteckt bin, die fröhliche Stimme, die helle und klare. »Hier wartet jemand auf mich. Ich will mich vorsichtig auf das Bett setzen.« Und seine Hand gleitet unter das beschützende Bett. Seine Hand, seine Finger, die Adern auf seinem Arm. Der Arm des Vaters, seine Gegenwart. Meine kleine Faust öffnet langsam die Finger. Das Versprechen des Vaters ist Wirklichkeit. Ich falte die Finger auf, greife nach denen des Vaters. Nichts mehr zu verstecken im Inneren der Hand. Das Leben kommt wieder. Die Zeit fließt wieder. Die Zeit, das ist Papa. Und die Kindheit nimmt ihren Rhythmus wieder auf.

Andere Reisen fanden statt. Das Wiedersehen war jedesmal atemlos, das Warten immer groß. Die Gegenwart war immer stark. Im Laufe der Jahre mußte ich begreifen, daß erst die Trennung durch seinen Tod die richtige Trennung sein würde. Aber vor all dem, in dieser Zeit der Kindheit, war es mein Ausharren, das seine so starke Bewegung ausglich, mein Schweigen, das seinem Reden ein Gegenpol war. Die weite Welt des Gleichgewichts begann Gestalt anzunehmen.

Zärtliches Vergessen

Manchmal flüstern die Nachbarinnen Mama zu, ohne daß Papa davon weiß: »Alvaro wird ein Zwerg bleiben. Er wächst nicht. Seht die Kinder in seinem Alter, wie sie herumhüpfen, wie sie gewachsen sind! Alvaro bleibt immer gleich.« Mama schweigt, dann antwortet sie: »Auch sein Kopf verändert sich nicht, er wächst auch nicht. Er wird nur langsam wachsen, aber vergeßt nicht, die Zeit ist nicht für alle gleich.«

Das war mir genug. »Die Zeit ist nicht für alle gleich.« Es ist nicht die von der Uhr oder die von den Kirchturmglocken. Die Zeit ist ganz anders. Sie gehört mir. Ich dehne sie aus wie einen Teig. Sie verdichtet sich unter meinen Fingern, sie läßt sich kneten. Sie stellt mir Fragen, wenn sie sich weit ausdehnt und müde zu werden scheint, wenn sie den Eindruck erweckt, nicht auf mich zu warten oder zu lange zu warten. Aber ich habe meine Zeit. Danke, Mama, daß du mir meine Zeit läßt. Ich gehe weg, das ist mir genug. Ich gehe zu meiner Schwester.

»Liliane, weißt du, die Zeit gehört mir.«

»Was sagst du, Alvaro?«

»Die Zeit gehört mir. Ich habe meine eigene Zeit,

und deshalb wachse ich nicht. Ich werde wachsen, wenn die Zeit da ist oder wenn ich es will.«

Liliane sieht mich zärtlich an. Sie versteht mich nicht.

»Liliane, du verstehst mich nicht.«

»Doch, doch, mein Bruder. Ich verstehe dich, ich habe dich lieb. Willst du etwas trinken? Einen frischen Fruchtsaft? Einen Mangosaft?«

»Liliane, ich habe die Zeit, die Zeit gehört mir. Mama hat es neulich erst gesagt, als sie mit den Nachbarinnen sprach.«

»Nein, Alvaro, nicht neulich, heute. Da sind sie noch, die Nachbarinnen, ich sehe sie von hier aus. Nein, das war heute, Alvaro, nicht vorgestern, nicht gestern, das war heute. Ich habe dich eben von hier aus gesehen, ich habe dir zugesehen.«

»Liliane, gib mir doch den Mangosaft!«

Sie holt einen Hocker und klettert hinauf. Auch sie ist klein, aber stärker als ich. Sie öffnet den großen Verschlag, wo Mama die Getränke aufbewahrt, in Kesseln, großen Flaschen, je nach den Früchten. Mama stellt sie dort hin, damit sie kalt bleiben. Jeder Behälter steht in einem Eimer Wasser. Wir kennen keine Kühlschränke. Liliane tritt heran, krempelt die Ärmel ihres Kleides hoch und nimmt einen Kessel. Ich habe Angst, daß sie fällt, aber sie fällt nicht.

»Schieb mich an, Kleiner!«

Seltsam, sie nennt mich »Kleiner«. Wir sind beide

gleich groß, und doch bin ich klein für sie. Ich bin für alle klein. Aber wenn Großvater kommt, sagt er mir manchmal: »Für mich bist du groß, groß sind deine Augen, groß ist dein Lächeln, groß ist dein Blick, groß sind die Fragen, die du mir stellst. Du bist groß, mein kleiner Mann.«

Liliane steigt hinunter und schenkt mir eine Tasse ein. Gläser haben wir nicht, gibt es nicht. Vielleicht in den reichen Häusern ... Ich trinke meine Tasse Mangosaft. Er ist kühl, er ist gut. Liliane sieht mich an, vergißt mich. Sie vergißt mich, wenn sie mir Sachen gibt. Auch sie geht jetzt spielen. Und im Vergessen wiege ich mich. Ich weiß, wann sie mich vergißt, wann sie mich stehenläßt, wann sie mir etwas gibt. Aber ich werde jetzt nicht losrennen. Ich renne los, wenn mein Rhythmus mich antreibt. Ein andermal bin ich da, still und friedlich. Man vergißt mich, nicht um mich zu vergessen, sondern damit ich mein Vergessen spüre. Man vergißt mich, weil ich mich im Schweigen absetze. Man vergißt mich mit einem Lächeln. Ah! Ich habe wohl verstanden, daß das kein Vergessen ist, sondern daß man mich im Hintergrund behält, in Gegenwart des anderen. Aber wie soll man den anderen erklären, daß niemand uns je vergißt, daß wir an einer Stelle abgesetzt werden, in einer Ecke, in einem Augenblick, daß die Zeit es ist, und nicht der Ort, die vergessen läßt, und daß dieses Vergessen guttut, wenn wir es immer voller Zärtlichkeit betrachten?

Ja, ich bin der Vergessene. Du vergißt mich, meine Liliane, aber du vergißt mich auch nicht. Du läßt mich ganz einfach da, wo ich sein muß.

Die drei Damen

Bald sollte ich sechs Jahre alt werden. An diesem Abend stand der Vollmond am Sternenhimmel. Ich spürte, wie Großvater, die Zigarre im Mund, mir mit den Augen folgte, während ich versuchte, den Küssen meiner Schwestern zu entkommen. Ich mochte nicht, wenn man mich küßte. Und der Geburtstag begann doch erst morgen in der Dämmerung ... Großvater lächelte, denn er wußte, daß ich mich dann nicht entziehen könnte.

Glücklich, daß es soweit war, aber voller Sehnsucht, hochzufliegen wie ein wilder Vogel auf den obersten Ast des größten Baumes, bemühte ich mich, möglichst wenig zu denken. Großvater saß auf seinem Stuhl, er lächelte noch immer. Sein immer sauberer Poncho half ihm, sein schönes Gesicht zu verbergen; manchmal steckte er auch meine bunten Kieselsteine in seine Taschen. Der Mond glänzte, er war ganz rund in seinem gelben Kleid, noch gelber als am Tag. Die Sterne wanderten, tausendmal heller als früher. In der Morgendämmerung würde ich sechs werden.

Großvater stand auf, hob mich hoch und setzte mich auf seine Knie.

»Ach, mein Enkel, mein ganz eigener Kolibri!

Heute abend werde ich dir, wie der Zauberindio, ein vergessenes Geheimnis verraten, eine Geschichte, an die du immer denken mußt, denn sie ist das Innerste deines Herzens.« Er wirkte ernst. Die Worte fielen aus seinem Mund und prägten sich in mein Gedächtnis. Ich verstand, daß es um mein ganzes Leben ging. Dieses Geheimnis mußte mir bestimmt sein, denn es war eine Lebensbotschaft, die ich bewahren und später weitergeben sollte. Heute.

Die Sterne blieben stehen, ernsthaft, nah, so menschlich waren sie, daß ich fast ein bißchen Angst verspürte. Ich schmiegte mich an Großvater, blickte hinauf in sein Gesicht, ich meinte zu verstehen, daß sie schweigen würden und zu uns herabkämen, je länger er sprach. Feierlich sah er mir tief in die Augen und sprach zu mir, fast war es nur ein Flüstern. Seine Hand wies auf den nahen Horizont, den er mit dem Ringfinger entzweischnitt. Die Berge schienen sich aufzutun, um mich die Stelle sehen zu lassen, an der die Erscheinung, die er heraufbeschwor, entlangzog. Weit, weit entfernt meinte ich zu sehen, wie ein dunkler Punkt auftauchte.

Die Geräusche der Natur verebbten, während ich Großvater flüstern hörte. Seine Worte trieben dahin, so daß ich hören konnte, festhalten. Und langsam nahm die ferne Vision Gestalt an . . . Heute ist seine liebevolle Stimme verloschen, aber seine Worte sind mir geblieben, als hätten sich Gruben in mir gebildet, in denen ich ihren Sinn bewahren kann.

»Dort drüben, mein Sohn, sind drei Sterne, die zusammen ein Bild formen. Warte ein bißchen. Sie werden sich gleich ganz deutlich voneinander abheben.«

»Aber Großvater, ich kann das nicht richtig sehen!«

»Schau weiter in die Richtung, die ich dir zeige. Gib acht auf die Erscheinung, wie wenn du deine Vögel beobachtest.«

Weil ich es leid war, den Horizont abzusuchen, und vielleicht auch, weil ich genug hatte von Großvaters Beharrlichkeit, glaubte ich zu erkennen, was in seinem Herzen schon klargeworden war.

»Ja, ja, Großvater, ich sehe es. Endlich!«

Ich durchdrang den Horizont und spaltete ihn entzwei, um die Lehre herauszulösen, die mein Glaube werden sollte.

Ich habe es gesehen. Ich habe zuerst einen schwarzen Punkt gesehen, der in seiner Bewegung immer größer wurde und bald aussah wie eine massige Gestalt.

»Drei sind da«, sagte er.

»Drei was, Großvater, drei Menschen?«

»Vielleicht ... Drei große, aufrechte Frauen.«

Schließlich machte sich die Anstrengung bezahlt. Fern, sehr fern nahmen drei Damen Gestalt an. Meine drei Damen ...

Ich blickte zu ihm auf und fragte ihn ganz leise: »Wer sind sie, Großvater?«

»Vergiß das nicht!«

»Nie werde ich sie vergessen.«

»Die erste, die größte und zarteste, heißt die Einsame.«

»Beinahe wie mein Fluß!«

»Ja und nein. Das ist eine andere Einsamkeit. Diese hier wird dir sanftmütig folgen, wenn du ihr zuhörst, als eine treue Begleiterin. Sie wird dich zu einem echten kleinen Indio machen.«

Seine Stimme wurde zugleich ernsthaft und liebevoll.

»Vergiß das nicht!« wiederholte er, während er mein Kinn anhob und mein Gesicht an seines zog.

In seinen Augen erahnte ich die Traurigkeit. Eine maßlose Traurigkeit, die ich erst später im Leben verstehen konnte ... Er hielt so mühsam seine Tränen zurück, daß ich mich gezwungen fühlte, den Kopf abzuwenden, um seinem Herzen zu lauschen. Ich konnte dieses Aug' in Auge nicht mehr ertragen. Mit dem Ohr an seiner Brust sagte ich: »Großvater, erzähl mir mehr von ihr.«

»Warte, warte, du mußt sie fühlen, bevor die Worte kommen.«

Die Zeit verging. Ich vernahm das Rascheln der Blätter an den Bäumen. Ganz hinten im Patio sah ich Papa auf einem Stuhl, mit einer Zigarre, die zwischen seinen Fingern verglühte; er sah uns an. Seine fiebrigen Augen sprachen von seiner Liebe zu seinem alternden Vater. Großvater begann wieder zu sprechen, diesmal mit etwas klarerer Stimme. Seine Klage war den Bäumen bestimmt, dem Patio, Papa, mir, eine Klage, die durch mein Gedächtnis zog und sich dort festsetzte. Es war ein dünner Strahl der Stimme, ein Murmeln, das aus der Tiefe seiner dreiundsechzig Jahre kam.

Die schmerzerfüllteste menschliche Stimme, die ich bisher gehört hatte, sagte mir: »Da ist sie, die schönste, die zarteste der Frauen. Niemals wird sie dich allein lassen. Sie wird in deinem Bewußtsein leben. Du wirst sie in deinen Träumen finden, und noch am Morgen ist sie dir treu und wird dir sagen, wenn es Zeit ist zum Aufstehen.«

»Warum bist du so traurig, wenn sie doch so schön ist?«

»Ich habe es eben erst verstanden, mein Enkel. Ich habe es eben erst verstanden, heute abend mit dir. Und wenn du eine Träne in meinen Augen entdeckst, dann deute sie als zärtlichen Dank an meine Einsame.«

Nichts rührte sich im Patio, und noch weniger in den Bäumen. Alles schwieg, draußen wie drinnen, während er sprach. Großvater brachte die Welt zum Schweigen, unsere Welt, und das mit der Sanftheit und der Kraft seiner Worte. Darin war er Meister, vielleicht nur darin ... Töne erklingen zu lassen, Worte, da, wo niemand etwas anderes sagen konnte.

»Sie ist und bleibt deine Gefährtin, die immergleiche Freundin, die immer da ist. Sie wird dich erwarten, ohne dich zu drängen, ohne dich zu stören, wenn die anderen dich umgeben. Sie kommt näher. Laß sie kommen, rufe sie, wenn du das Bedürfnis hast. Du mußt sie spüren. Dazu öffne die Augen. Mit der Kraft des Blickes erspüre den Horizont, damit sie wie in einem Traum erscheint. Sieh sie an, sie ist die erste. Ihre Schwestern folgen ihr in einer Reihe. Weißt du, sie hört alles, ohne die Stirn zu runzeln, ohne dem Vorhang ihrer Lider Gewalt anzutun. Sie betrachtet dich, begleitet dich. Was für ein Glück, daß sie da ist! Laß dich niemals beirren. Sie ist da, sie bleibt dir treu.«

»Großvater, ich liebe sie schon!«

Seiner Einsamen, seiner schönen Gefährtin flüsterte er zu: »Du alterst nicht. Ich habe dich immer lächeln sehen, besänftigend.«

Und zu mir gewandt fuhr er fort: »Alvaro, atme tief durch. Gewöhne dir an, deinen Atem zu beruhigen, denn sie ist da, sie bürgt für ihr Fortbestehen und für das deine.«

Wie Tautropfen drangen diese Worte langsam in den Boden, der ich war, in meinen Kopf, der in Träumen brannte. Ich spürte die sanfte Wärme seines Ponchos, seine rauhen Hände und seinen Harzgeruch, den der Morgen freigibt. Ja, diese Worte sind in mir geblieben, dank seinem Einfluß. Die schöne Einsame, aufrecht und gerade, musterte mich. Nein, nie würde ich verlassen sein. Sie bliebe immer an meiner Seite.

Der Abend nahm seinen Lauf. Ich glaubte, Großvater würde einschlafen.

»Schlaf nicht!«

»Wer hat gesagt, daß ich schlafe?« fragte er lächelnd. »Nein, heute abend werde ich nicht schlafen, mein Enkel, wo du doch deine schönste Lehrstunde bekommst und auf dem Schoß deines alten Großvaters sitzt. Schau, schau den Himmel an. Siehst du ihn? Siehst du die anderen, die zweite und die dritte?«

»Ja, ja, Großvater. Und die zweite, wer ist das, Großvater?«

»Hmmm, das ist die Schweigsame. Sie läuft beinahe ohne jedes Geräusch, sie gleitet, unsere schöne Schweigsame, hinter ihrer älteren Schwester her. Niemals ist die eine ohne die andere ... Die Schweigsame kommt nach der Einsamen, wie um ein Echo zu geben an den Stellen, wo ihre Schwester ein Loch gegraben hat.«

Ich verstand nicht mehr.

»Ach, mein Enkel, du mußt die Ohren offenhalten. Hör, hör hin! Wenn dein Gewissen weiß, wo du bist, kann die Schweigsame auftauchen. Der Indio durchmißt Kilometer, er bleibt an einer Stelle stehen, damit die Einsame ihn auf seinem Weg begleitet oder bis an die Stelle, wo er sich niederläßt. Und dann kann die Schweigsame sich zeigen. Erinnere dich an deine Eidechsen.«

Und plötzlich erinnerte ich mich: Ein paar Wochen zuvor waren Mama und ich in das enge Cauca-

Tal gefahren. Etwas hatte sich ereignet. Früh am Morgen, als die Hitze flach auf uns niederfiel, waren wir aus dem Bus gestiegen, damit er leer über die Brücke fahren konnte, die zwischen den Ufern des großen Flusses tanzte. Als Mama die Schweißperlen auf meiner Stirn sah, riet sie mir, haltzumachen und zu warten, damit der Wind aus den Bananenplantagen mich abkühlte. Weder sie noch ich machten die kleinste Bewegung. Alle beide waren wir zuversichtlich, wir hörten auf die Geräusche, die von der Brücke kamen. Plötzlich malte sie etwas wie kleine Punkte auf meine rechte Hand. Ich sah sie an, ohne zu verstehen, und sie wies mit den Augen auf eine Ecke der Bank, auf der wir saßen. An ihrem Fuß rechts unten zog langsam eine wunderbare Prozession vorbei, majestätisch in der Hitze. Eine Eidechsenfamilie bewegte sich lautlos vorüber: der Vater, die Mutter und ihre fünf Kinder, von denen das letzte so klein war, daß es vergeblich versuchte, sich dem Rhythmus anzupassen. Wir saßen da, und ihr Festzug zog an uns vorbei. Wir mußten einfach genau da sein, nichts weiter, ohne uns zu bewegen, damit Mamas Augen und Ohren die Prozession entdeckten, die über die Straße zog. Ich hatte verstanden, daß ein einziger Laut, den ich machte, dazu führen könnte, daß diese schöne Gruppe zerstob. Es war wie meine Familie im Exil. Wie oft habe ich später im Geiste diesen Familienausflug vor mir gesehen, den Auszug der Völker und diese langsame Prozession der Eidechsen.

Ja, Großvater, die Schweigsame hat mir viele Geschenke gemacht. Zu schweigen, nichts zu sagen, macht es möglich, der geheimnisvollen Entfaltung des Lebens beizuwohnen.

»Aber Großvater, wie kann sie meine Freundin werden?«

»Oho! Das wird ganz von dir abhängen. Hör ihr zu, laß ihre Ruhe in dich hinabsteigen, und warte. Sie wird dir die Welt erklären, sie wird sie dir zeigen. Die Einsame verlangt von uns, die Augen auf den Horizont zu richten, damit wir dort ihre Begleiterin entdecken. Die Schweigsame dagegen verlangt von uns, die Ohren zu spitzen, damit alles ganz ohne Gewalt abläuft.«

Ich fühlte, wie Großvaters Arme sich um meine legten, und ich verstand, daß er auch die Schweigsame liebte.

»Und die dritte, warum versteckt sie sich?«

»Sie ist so geheimnistuerisch, weil sie neben ihren Schwestern die schwierigste, die präziseste Aufgabe hat.«

»Wie heißt sie, Großvater?«

»Ihren Namen mußt du finden, denn er ist sehr persönlich. Jeder einzelne muß sie für sich benennen. Beobachte, wie sie geht. Sie ist nicht langsam wie die aufrechte Einsame, auch nicht leicht und gleitend wie die Schweigsame, sondern sie hüpft, ein bißchen wie eine Tänzerin.«

Vergeblich suchte ich nach einem Namen für sie.

»Was tut sie? Warum ist sie an dritter Stelle? Weil sie am kleinsten ist?«

Zu viele Fragen auf einmal!

»Weißt du, sie beschäftigt mich im Moment besonders. Sie kommt springend zu mir, aber sie lehrt mich auch langsame Bewegungen. Um mich friedlich werden zu lassen, nicht um mir weh zu tun . . . Sie arbeitet ständig mit uns, vom Anfang unseres Lebens bis ans Ende. Jeden Tag hinterläßt sie ihre Spur in uns, jeden Tag macht sie uns heller.«

Wieder fühlte ich etwas in Großvaters Herz aufsteigen. Ich sah zu seinem Gesicht auf, ich sah seinen klaren, klaren Blick. Während er sprach, begann mein Geist im Patio umherzuziehen. Zwischen den Bäumen entdeckte ich Papa, der unruhig auf seinem Stuhl saß und uns nicht aus den Augen ließ, er achtete auf Großvaters Worte. Er wollte alles hören. Andere Worte flossen. Ich kam zurück zu Großvater.

»Entschuldigung, ich habe nicht aufgepaßt.«

»Du hörst, was du hören willst. Es gibt Sachen, die du nicht unbedingt wissen willst.«

Ich erschrak ein bißchen.

»Entschuldige, Großvater, ich habe dich lieb.«

Er sah mich zärtlich an.

Seine Worte sind zu mir zurückgekommen. Es ging um bunte Schmetterlinge. Es stimmte, ich mochte sie, ich beobachtete sie, und sobald sie sich auf mich setzten, sprang ich hoch, um sie zu vertreiben. Sie hinterließen auf meiner Haut etwas Klebriges. Die dritte Dame, die überaus Schöne, die ich auch annehmen mußte, ließ die Farben verblassen, die Inbrunst des Lebens der Schmetterlinge. Das meinte ich verstanden zu haben.

»Großvater, warum läßt sie meine Schmetterlinge verblassen, wenn sie zu rot oder zu gelb sind?«

»Damit sie ihren Weg weiterziehen, damit sie soweit wie möglich vorankommen, damit sie in Frieden gehen lassen, was ihnen genommen wird.«

Ich verstand ihn nicht mehr. Warum sollten so rote Schmetterlinge beinahe rosa werden? Warum sollten so gelbe Schmetterlinge beinahe weiß werden?

»Man muß blaß werden, damit man vorankommt und seinen Weg vollenden kann!« Er lachte über meine Fragen. »Ah, das ist eine schöne Diebin! Sie raubt deine Kraft, damit du merkst, daß du unterwegs bist, daß das Leben da ist, wo du dich niederläßt, nichts weiter. Und sie hüpft umher und nimmt das Rot und das Gelb mit.«

Ich sagte mir, daß ich über diese Frage später nachdenken würde. Viel später habe ich verstanden, warum die schöne Diebin Tag für Tag alles heller machen mußte, den Kieselstein, die Pflanze, den Vogel und den Menschen. An diesem Abend sagte Großvater noch mehr, was ich nicht behalten habe. Als es an der Zeit war, als die drei Frauen mich sehr nah begleiteten, habe ich begriffen, was er damals sagte.

Er hustete, um mich aufmerken zu lassen.

»Sieh nur, sieh, sie kommen alle drei!«

Ich riß die Augen auf, bis mir die Lider weh taten. Mit seiner linken Hand zeichnete er einen Halbkreis in die Dunkelheit und sagte: »Sie kommen auf uns zu. Sie werden an uns vorbeigehen und sehr weit hinter uns treten. Reden wir ruhig weiter. Vergiß nicht, daß du im Leben manchmal ihre Gegenwart spüren kannst. Sieh sie rasch an, da, links. Sie werden dir zuzwinkern. Eines Tages wirst du sie von hinten kommen spüren, immer mit einem gewissen Abstand, und sie werden langsam an deine Seite treten. Und dann wird alle Angst vergehen.«

»Ach«, hörte ich mich laut sagen, »ich würde sie so gerne ansehen und immer bei ihnen bleiben!«

Es war tief dunkel. Papa kam zu uns. Das Schweigen im Patio breitete sich aus. Er nahm mich bei der Hand, damit ich aufstand.

»Siehst du nicht, daß Großvater schläft?«

»Nein, Papa, wir haben uns unterhalten.«

»So, ja«, sagte er.

Großvater öffnete langsam die Augen und stand auf. Wir gingen in unsere Zimmer. Ich drehte mich noch einmal um, blickte ein letztes Mal in den Patio. Als ich bemerkte, wie der Mond mir zuzwinkerte, rief ich ihm zu: »Du Lügner!« Lachend nahm Papa mich bei der Hand und schob mich zu meinem Zimmer, wo mein Bruder bereits schlief. Verschwörerisch fuhr Großvater mir mit den Fingern durch die Haare. Ich trat auf Zehenspitzen in die Dunkelheit meines Zimmers. Ich hatte keine Angst. Am Horizont beobachteten mich die drei schönen Damen, sie drangen durch die Läden des Zimmers, durch die Mauern des Hauses. Niemals würde ich allein sein. Niemals allein, seufzte das Kind, das ich war, als es die Augen schloß.

Am nächsten Tag wurde ich sechs Jahre alt.

Die Liebenden von zu Hause

Bald hat Papa Geburtstag. Das müssen wir feiern. Bezaubernd wie immer, heckt Mama mit ihren manchmal so verrückten und lustigen Ideen eine Überraschung für ihn aus. Und wir machen alle mit.

Mama ist in den Laden gegangen, in den anderen unten im Dorf, nicht in unseren. Es ist ein schönes Dorf an einem großen, gewundenen Fluß, der sich in sanften Schwüngen im Tal ausbreitet. Alles ist grün in diesem Tal, wo Mama ihre Kindheit verbracht hat. Manchmal kehrt sie zurück in das Tal der Freunde, der Erinnerungen, des Todes ihrer Mutter, der anderen Begegnungen, die ihr durchzuhalten helfen. Dorthin ist Mama gegangen, um für Papa die Überraschung vorzubereiten.

Vor einiger Zeit wollte sie ein gerahmtes Bild von Romeo und Julia kaufen. Sie fand das lustig, auch wenn es so viel Wichtigeres gibt. Aber Papa ist noch immer verliebt in Mama. Er behandelt sie wie Romeo seine Julia, findet sie. Es war ein hübsches Bild: Eine Frau in einem tief ausgeschnittenen roten Kleid, eine Rose in der Hand, beugt sich aus ihrem Fenster im ersten Stock zu einem süßlichen Romeo, der an einer Liane zu ihr hinaufklettern will. Noch ist das Bild nicht gekauft. Papa hat es noch nicht bezahlt. »Wir warten bis zum Muttertag.« Aber es ist erst März.

Mama lacht laut, bezaubernd, dann wird sie still und lächelt in Vorfreude auf die Wirkung, die sie erzielen wird. Sie kauft Stoff und macht sich ein Kleid wie das auf dem Bild. Und sie steigt auf einen großen Schrank. Unser Haus hat kein oberes Stockwerk, es ist ein flaches Haus. Mama hat keinen Balkon, von dem aus sie ihren Romeo erspähen könnte. Sie macht sich fertig. Es ist wie im Theater. In ihrem Kleid ist sie jung, frisch, sie ist im schönsten Alter. Wir alle schweigen, hüten das Geheimnis.

Jeder bereitet sich vor. Hilda wird tanzen. Sie tanzt beinahe immer, weil sie auf den Zehenspitzen läuft. Sie ist zärtlich, sie umarmt alle, hilft gerne. Liliane lacht, Liliane hilft allen, Liliane läuft, fegt und putzt das Haus. Alles wird organisiert. Jorge macht sich lustig. Er erklärt uns für verrückt. Er findet alle diese Sachen lächerlich. Vielleicht hat er recht. Er denkt wie Papa, sagt er.

»Und ich, was mache ich?«

Mama beugt sich zu mir hinunter.

»Du steigst auf die Leiter, aber ohne die Pferde zu erschrecken! Du steigst sehr weit hinauf, bis zur obersten Stufe. Und du singst Papas Lied mit deiner hohen Stimme. Er wird sich freuen.«

Ich weiß, daß ich eine sehr hohe Stimme habe. Manchmal nimmt Mama mein Gesicht zwischen ihre Hände und sagt: »Da ist es, hinter deinen Bäckchen hast du deine hohe Stimme.« Und wenn ich zu aufgeregt bin, zu unruhig, nimmt sie mich in die Arme und hebt mich auf ihren Schoß. Beide sehen wir zum Horizont, sie massiert mich mit der rechten Hand und flüstert mir ins Ohr: »Beruhige dich, Alvaro, mach die Stimme tiefer, komm her, sprich ganz ruhig, mach meinen Akzent nach, meinen Tonfall, tiefer, tiefer.« Ich strenge mich an und beginne zu husten. Und die Töne werden tiefer, bis ich mich ganz in meiner Mutter fühle, meinen Kopf zwischen ihren Brüsten, meinen Rücken gegen ihren Bauch. Ich höre ihr Herz schlagen, ich spüre ihre Hände und übernehme ihre Stimme. Der Ton ist da. Ich schlafe ein.

Aber heute will Mama, daß ich meine hohe Stimme nehme. Ja, ich werde für Papa sein schönstes Lied singen. Es ist ein Lied, das über das Meer gekommen ist; es erzählt von einem anderen Land der Schmerzen. Aber von einem Land, wo der Schmerz erhört wurde, nicht wie bei uns. Es wird noch lange dauern, bis der Schmerz aus dem Tal bis an die Sonne steigt und bis er etwas ins Rollen bringt.

Ich übe mein Lied.

Der Tag kommt heran. Wir halten es nicht mehr aus. Alle sind ganz aufgeregt. Mama bereitet ein großes Essen vor. »Das Gericht, das Papa besonders mag.« Etwas mit viel Gemüse und kleinen Fleischstücken ... Ich mag diesen Duft. Mama arbeitet tagelang daran. Es muß sehr langsam kochen, vielleicht drei Tage lang.

Der Tag ist da. Der Duft hängt überall im Haus. Es ist schönes Wetter. Papa arbeitet den ganzen Morgen und den ganzen Nachmittag mit seinen Pferden. Als er heimkommt, geht er sich lachend waschen und kommt ganz sauber wieder. Alles ist still. Wir sind mit unseren kleinen Geschenken im Schlafzimmer der Eltern. Papa darf noch nicht herein. In ihrem roten Kleid steigt Mama vorsichtig auf den Schrank. Ich mache die Tür auf. Papa kommt herein, er ist sehr erstaunt. Mama ruft: »Romeo, hier ist deine Julia!« Papa hat Angst, daß sie fällt, als sie ihm die Blume zuwirft. Meine Mutter lacht und tut so, als würde sie fallen.

»Du bist verrückt, was machst du da?«

Je mehr meine Mutter lacht, um so mehr hat Papa Angst, daß sie fällt. Schließlich hilft er ihr herunter und nimmt sie in die Arme. Er sagt: »Ich bin gleichzeitig böse und freue mich doch. Du machst dich über mich lustig!« Und wir rufen alle: »Nein, Papa, das macht uns allen Spaß!« Wir lachen, Mama in ihrem Kleid, Papa hält sie in den Armen, und wir dahinter aufgereiht. Wir gehen in den Patio hinaus, wo ganz am Ende die Pferde angebunden sind. Dort steht die Leiter. Dort wird Hilda tanzen, dort wird Alvaro sein Lied singen, Liliane ihre Pirouetten drehen und Jorge mit den Geschenken kommen.

Jaime ist noch nicht da, er ist noch nicht geboren, aber vielleicht denkt man schon an ihn.

Der Wald der dunklen Bäume

Der Nachmittag ist dunkel. Der Abend kommt bald. Ich kann diese Leere nicht erklären, die in meiner Seele wogt. Ich steige von unserem Haus aus hinunter. Aber um ans Haus zu kommen, bin ich schon vom Hügel hinuntergestiegen. Ich muß bis zu Andrea, dann weiter, rechts abbiegen, am Dorfhang entlang bis zum Friedhof. Jenseits von ihm sind die dunklen Bäume und ihre riesigen Äste . . .

Ich muß aus dem Haus gehen, ich muß weg. Ich nehme meine Seele in die Arme, wie jemand, der sich verlaufen hat. Ich bin ein Kind, das den Hang in seinem Dorf hinuntersteigt und ein großes Kind im Arm hält. Ein sehr schweres Kind auf meinem Arm, es ist zu groß für mich . . . Die Müdigkeit ist erdrückend.

Als ich bei Andrea ankomme, ist mir das Kind etwas weniger schwer. Warum ist meine Seele wie ein Kind, das in meinen Armen vergessen wurde? Was muß ich tun, um mit ihr leben zu können? Eine innere Unruhe treibt mich, sie bis zu dem kleinen Wald mit den dunklen Bäumen zu tragen.

Wenn ich erst den Friedhof überquert habe, kann ich unter den Bäumen etwas mit meiner Seele machen. Gestern ist sie müde geworden. Frühmorgens, als ich auf dem Hügel die Kühe gemolken habe, flüsterte sie mir zu: »Steig hinunter, steig in dich hinunter.« Ich konnte ihr nicht gehorchen. Der Wind hat es mir gesagt. Es ist die Erschöpfung der vorletzten und der letzten Nacht.

Ich steige hinunter und gehe über den Friedhof. Dort ruhen die Seelen, manche zufrieden, andere traurig, und die ganz hinten auf dem Friedhof hauchen mir weinend zu: »Geh, geh.« Schon immer haben Friedhöfe mich beruhigt. Lächelnd gehe ich vorbei und sage ihnen: »Ihr wißt, wie schwer meine Seele ist.« Und das Gewicht zerdehnt sich, wird leichter. »Danke, ihr Seelen.«

Ich steige weiter hinunter. Ich komme unter den Bäumen an. Da vergesse ich meine Seele, die bis an meine Füße hinunterrutscht. Kein Kind mehr in meinen Armen. Nirgends war ein Kind. Es war nur ein Gewicht, das ich vorsichtig tragen mußte, nicht auf dem Rücken, sondern in den Armen, damit ich es betrachten konnte.

Seit jeher habe ich gespürt, daß Erschöpfung und Schmerz zu mir gehören.

Ich steige hinunter. Seltsam, der Weg zu den dunklen Bäumen heißt Saladitos-Weg. Saladitos: ein Geschmack, der das Salz auf die Lippen treibt. Ich habe mich vom Fluß entfernt, von der Einsamkeit, und bin statt dessen an einem kürzeren Bach entlanggegangen, der sehr langsam, sehr fern zum Wald der dunklen Bäume fließt. Der Saladitos-Weg hinterläßt mir tatsächlich einen salzigen Geschmack auf der Zunge.

Ich spaziere im Wald herum, ich laufe, ich lache, ich sehe die Bäume, die so hoch sind, ihre großen Äste. Ich bin unter ihrem Schatten. Der Himmel ist hinter den Bäumen kaum zu erahnen. Manchmal, wenn sie sich wiegen und sich Geschichten erzählen, lachend und voller Anmut, dann werden sie leicht, streichen umeinander, schmücken sich, tanzen, lassen das Licht bis zu meinen Füßen durchscheinen, auf den kleinen Saladitos-Weg, der immer noch weiter bergab führt. Meine Seele strahlt, aber sie ist nirgendwo. Sie ist überall: im Wald, in mir, hinter der Welt.

Der Kummer schwindet, und ich sage mir: »Ich gehe wieder hinauf.« Ich werde mein Lächeln verschenken, aber wer wird dieses Bedürfnis verstehen, alles zu verlassen, über die Wege zu streichen, unter die Bäume, hinunterzusteigen, mich im Wald aufzulösen, um dann wieder hinaufzugehen und wieder meine Zuneigung zu zeigen?

Deshalb bin ich ein seltsames Kind. Seltsam, weil ich unter meinen Geschwistern einen ungewöhnlichen Platz beanspruche: den Platz des Schweigens. Ich bin der Schweigsame, der, den man manchmal vergißt, der, der sich vergessen läßt, der nichts einfordert, oder nur in den Momenten, in denen man es am wenigsten erwartet. Dann will ich, daß man mir die Fenster aufmacht, ich will, wenn ich hoch auf die Leitern steige, daß jemand aufpaßt, daß ich nicht hinunterfalle, ich will Großvaters Lächeln, Großmutters Zärtlichkeit.

Der einzige Platz, den ich lautstark einfordere: »Laßt mich hören, laßt mich schweigen, laßt mich dahingleiten, laßt mich lächeln, laßt mich manchmal mein Verlangen ausleben, dazusein, ohne daß man mich sieht, zuzuhören, ohne zu stören, zu lächeln, wenn es nicht mehr paßt, etwas zu tragen, wenn die anderen es nicht mehr können.« Da ist mein Platz: zwischen den Wortfetzen, in den Leerräumen, die zwischen den Wörtern bleiben, wie wenn ich im Wald der dunklen Bäume bin und zusehe, wie die Blätter miteinander reden. In diesen Momenten, wenn der Himmel sich mit der Sonne bis auf die Erde schmuggelt, finde ich das Schweigen.

So ist es. Unter den Schreien, dem Tumult meiner Geschwister, der Pferde, unter den Geräuschen des Hauses warte ich auf die hohlen Momente, auf die Momente, wenn alles schweigt. Da bin ich: zwischen den Wörtern, zwischen einer Sache und einer anderen, zwischen einem Haus und dem nächsten, einem Baum und seinem Nachbarn, einem Lachen und dem, der darauf antwortet.

Orange unter dem Orangenbaum

Für mich war der andere Großvater kein Großvater. Er war der Vater meiner Mutter. Zu ihm sagte ich nicht »Großvater« wie zu meinem väterlichen Großvater, sondern »der andere Vater«. In meiner Erinnerung ist er wie ein Geräusch, das durch die Stille einer Ebene hallt, ein Eindringling in einen ganz persönlichen Raum, alles, was uns den Eindruck gibt, der Frieden ginge und man müsse fast ersticken. Er war von einer körperlichen Dichtheit, die jeden anderen Körper herauszufordern schien, sein Atem, sein Hecheln legte sich über alles. Wenn er da war, wurde die Luft knapp. Zumindest sagte mein Verhalten, daß die Luft knapp wurde, wenn er da war. Er hatte einen intensiven Blick, sein Mund war zugleich ironisch und fröhlich. Jeder seiner Besuche war eine Feuerprobe, eine Prüfungsaufgabe. Wir stellten uns alle vor ihm auf, und er hatte für jeden ein paar nette, harte oder hänselnde Worte. Oh, wie oft habe ich mich verloren gefühlt und wußte nicht, was ich mit seinen Geschenken tun sollte! Wohin mit diesen Gaben, wohin sollte ich sie legen? Es war, als müßten sie verschwinden oder sich entfernen, als könnte allein die Zeit diese starke Gegenwart auslöschen.

Ich weiß nicht, wie, aber Papa hatte verstanden, daß ich, wenn der andere Vater kam, weder dieser Kraft standhalten noch verschwinden konnte. Eines Tages zeigte er mir eine Möglichkeit, und ich weiß noch immer nicht, ob er sie für sich selbst als Ausweg gegenüber Großvater gewählt oder ob er sie für mich erfunden hatte: »Versteck dich vor ihm, damit die Worte dich nicht verfolgen.« Ich meinte zu verstehen. Ich versuchte, mich unter dem Orangenbaum zu verstecken, wo die sauberen Laken aufgehängt wurden, aber es war nicht einfach. »Versteck dich vor ihm, unter seinem Blick, um ihm leichter zu entkommen.« Ich versuchte, an all den Stellen Zuflucht zu nehmen, die uns verbargen, wenn wir Verstecken spielten. Nichts schien mir zu helfen. Ich hatte das Gefühl, daß er da war; ich hörte seinen schweren Schritt und seine Stimme, die fragte: »Was macht er? Warum ist er so mager? Warum ist er so klein?« Und dies und das ... Niemand rügte ihn, niemand versuchte ihm ganz offen zu antworten. Im übrigen erwartete er gar keine Antwort. Ich sagte ganz leise zu mir selbst: »Und er, warum ist er so dick? Warum ißt er so viel? Warum sagt ihm niemand etwas?«

Die Tage vergingen. Eines Nachmittags, als ich unter dem Orangenbaum in Gedanken verloren und mit den Schmetterlingen im Gespräch war, mit den Vögeln und den Blumen, die durch den Patio dufteten, hörte ich: »Wo ist Alvaro?« Das war mein Bruder Jorge. Und Liliane antwortete: »Er ist eine Orange geworden.« Der so lange gesuchte Schlüssel zeigte sich in diesem Satz: »Er ist eine Orange geworden.« In diesem Moment begriff ich, daß ich mich hinter den Gerüchen der Pflanzen verstecken konnte. Ja, das wäre mein Versteck: ein Geruch. Ein Sinneseindruck, egal welcher, um mich ganz und gar zu verstecken ... Nein, anderer Vater, du kannst mich nicht mehr stören. Und ich werde dir keine Sorgen mehr machen. Die Sinne, meine Zuflucht ... Ich werde zur Orange werden, zur Zitrone oder zur Mandarine. Der intensive Duft des blühenden Orangenbaumes rief mich zurück in die Wirklichkeit. Er verströmte, und wenn ich mich nichtstuend unter dem so duftenden Baum entfaltete, hatte ich das seltsame Gefühl, unsichtbar zu werden. Das Draußen betraf mich nicht mehr. An diesem Abend ging ich noch ein-, zwei-, dreimal in mein Versteck. Mit diesem Eindruck, daß sich unter dem Geruch etwas ausbreitete, das mich völlig auslöschte und mich undurchdringbar für die Welt machte.

Am nächsten Tag kam der andere Vater, aber ich habe nichts gehört. Meine Mutter kam, um nachzusehen, was ich unter dem Orangenbaum tat. Das Lächeln auf meinen Lippen und mein verlorener Blick ließen sie auf Abstand bleiben. Ja, dank meiner Entdeckung verschwanden die Sorgen, die die anderen mir bereiteten. Vielleicht verschwand auch das Interesse, das ich bei ihnen hervorrief ... Die Angst, die er mir einflößte, zerrann ebenfalls. Er wurde zu dem, was er war. Aber seine Masse, sein Appetit und seine

Kraft zogen mich nicht mehr in den Bann. Meine Versuche im Patio gingen noch weiter, sie erstreckten sich fortan auf andere Büsche und andere starke Persönlichkeiten – wie die Vögel.

Was ist passiert, daß ich mich kaum noch an ihn erinnere? Sein Gewicht, das für andere so enorm war, ist verschwunden.

Später kam die Zeit der Revolution, die für mich eine Atemnot darstellte. In dieser Zeit bewies der andere Vater im Schmerz eine solche Kraft, eine solche Güte im Verzeihen für die, die ihn mißhandelten, daß ich die Erinnerung an ihn wieder in mir wachrufen konnte. Neue Werte waren sichtbar geworden. Ich verstand, daß in ihm die Güte wohnte, die Fähigkeit zu verzeihen, daß er in der Lage war, wieder Arbeit zu schaffen, wo scheinbar keine war. Ich verdanke ihm, daß ich weiß, wie ich widerstehen kann, ohne unterzugehen. Durch ihn habe ich gelernt, daß die Sinne den Menschen überleben lassen, auch wenn die Bedingungen zu schrecklich sind, als daß man sich verteidigen könnte.

Der Liebste im Wasserfluß

Eines Abends. Meine Tante Josefina sagte, sie habe ihren Liebsten im Wasser verloren. Warum? Ich hatte keine Ahnung. Sie stand immer am Bügeltisch im Patio. Unentwegt bügelte sie Hemden.

»Wie kann man seinen Liebsten im Wasser verlieren?« Sie antwortete: »Der Fluß zieht fort, um nicht mehr wiederzukommen. Und er ist mit dem Wasser gegangen. Die Männer gehen, um nicht mehr wiederzukehren. Frauen dagegen verschwinden nie.« Das war eine Feststellung von Tante Josefina. Es könnte auch das Gesetz dieser Gegend sein. Die Cordillera schnaubt, dehnt sich zuweilen, spuckt von Zeit zu Zeit aus, aber sie bleibt immer da. Der Fluß nimmt die Liebsten mit, die jungen Männer. So ist es. Und ich, das Kind, ich bleibe am Ufer zurück.

»Sei vorsichtig mit dem Fluß! Er wird dich ohnehin mitnehmen!« Manchmal stehe ich lange da und schaue auf den Fluß, und eine Frage kommt mir dann auf die Lippen: »Wie wird er mich mitnehmen?«

Die Soledad, die Einsamkeit. In der Regenzeit kann es vorkommen, daß sie wütend wird und die arme Brücke bedroht.

»Josefina, warum schaust du nicht mehr auf den Fluß?«

»Weil er ein Verräter ist, mein Kind.«

Wenn Josefina das sagt, dann ist es so.

»Hör zu, Tante, ich werde die Einsamkeit überwachen; und wenn dein Liebster vorbeikommt, fische ich ihn für dich heraus.«

»Ja, lauf hin und schau für mich, denn meine Geduld geht im selben Moment aus wie das Bügeleisen.«

Für Josefina die Kleidungsstücke zum Bügeln; für mich der Fluß zum Anschauen. Die Nachmittage zogen dahin wie mein Fluß. In der Regenzeit war er gelb, er trug Sand mit sich. Ein goldener Farbton überzog dann das Dorf. Ich saß auf einem Stein und überwachte das Wasser. Das goldene Gelb zerteilte den Raum, schnitt ihn entzwei. Die Leute waren entsetzt. Ich lächelte. Das Gold breitete sich aus. Das Gold des Flusses.

Vielleicht wird Josefinas Liebster wiederkommen, vielleicht muß sie bald nicht mehr bügeln ... Josefina bügelt und bügelt. Ich schaue und schaue auf den Fluß. Josefina zieht ihren Arm über den ganzen Tisch. Ich ziehe meinen Blick über die ganze Einsamkeit. Den Fluß zu überwachen ist meine Aufgabe, meine Arbeit, sie bleibt ohne Lohn, ohne unmögliche Geschenke, die ich Josefina machen könnte. Sie und ich, wir harrten lange aus bei derselben Arbeit. Und weder sie noch ich beklagten uns, daß sie uns viel Zeit kostete und daß sie keinen Gewinn einbrachte.

Sie ist vor ein paar Jahren weggegangen, um jenseits des Flusses zu bügeln, jenseits des ewigen Flusses. Ich schaue weiter auf den Fluß. Meine eigene Einsamkeit.

Alle meine Tanten sind immer weggegangen. Meine ganze Welt muß neu bevölkert werden. Wenn ihr Leben gezählt würde, könnte ich den Reichtum eines Traumes ermessen und sagen, daß ihr Leben mir erlaubt hat, meines fortzuführen. Es gibt keinen Fluß der Welt, der nicht zu mir zurückführt.

Die schlanke, aufrechte Gestalt von Josefina, die vielleicht mit mir die Farbe betrachtet. Da fließt das Wasser des Flusses, während sie weiter mit glättenden Gesten ihr Bügeleisen schwingt.

Es gibt keinen Fluß, ohne daß Gold fließt, der Widerschein des Sandes, der Widerschein der Sonne, Goldsonne. Der Liebste ist mit dem Fluß gegangen. Niemand konnte ihn aufhalten, niemand kann den Widerschein des Flusses aufhalten, niemand kann uns aufhalten. Fließe, fließe, mein Fluß, vergiß nicht, dein Name ist Einsamkeit. Wie könntest du auch anders heißen? Oh, meine Einsamkeit!

Die Tränensuppe

Damals kam es mir so vor, als sei die Entfernung von unserem Haus zum Nachbargebäude unüberwindbar. Das andere Haus war wirklich ganz anders. Sein Patio war anders als unserer. Durchlässig wurde diese Grenze für mich nur über die Gerüche, die zu uns hereinzogen: Oregano und Pfefferminz am Morgen, Jasmin am Abend. Die Mischung berauschte mich. Unterhalb von uns wuchs eine Pfefferminzhecke, die uns wie eine Mauer abtrennte. Ich weiß nicht, warum, aber Essensgerüche kamen eher aus dem Nachbarhaus als von uns her. Oft ging ich ans andere Ende, nach oben, um dieses Universum nicht riechen zu müssen, das das meine störte. Aber nicht alle reagierten so.

Elsa, meine jüngere Schwester, hatte einen wilden Appetit. Mit ihren vier Jahren war sie klein, futterte gern, war stabil gebaut, hatte riesige Augen und war unglaublich wortgewandt. Sie lachte, schrie, sang, redete, ohne jemals zu ermüden, und hielt die ganze Familie in Trab. Abends oder während der Siesta beobachtete ich manchmal, wie sie atmete. Ihr dicker, aber kleiner Körper strotzte von intensivem Leben. Alles an ihr war Überschwenglichkeit, Kraft, Übermaß, Energie. Wenn ihre Gelüste nicht erfüllt wurden, begann sie mit solcher Heftigkeit zu weinen, daß ich das Gefühl hatte, das Haus sei von Überschwemmung bedroht. Sie entfaltete sich in diesem großen Wassertheater, weigerte sich, die Tränen wegzuwischen, die wie Perlen aus ihren glänzenden schwarzen Augen quollen. Sie fühlte sich schön, und alle bestätigten es ihr. Sie hatte den Platz des Nesthäkchens inne: vier Jahre ununterbrochene Herrschaft über vier Geschwister und über die Liebe von Mama und Papa. Und nichts konnte ihren Tränenbedarf stillen.

Dank ihres Tatendrangs und ihrer Umgänglichkeit hatte Elsa Kontakte mit den Nachbarn geknüpft. Die Häuser oberhalb und unterhalb waren ihr nicht fremd. Sie verbrachte ganze Nachmittage damit, sie auszuspionieren, holte in den Nachbargärten Brombeeren oder andere Früchte und führte das Regiment bei einer kleinen Bande von Kindern in unserem Alter.

Manchmal interessierte sich Elsa leidenschaftlich für das Haus unten, dem die Küchengerüche schon früher als bei uns entströmten. Sie rückte ihren Hocker möglichst nah heran, ans äußerste Ende unseres Patio, und dort schnupperte sie nach den Gerüchen, die für mich die weite Welt – und für sie ganz einfach die Suppe bedeuteten. Die Nachbarin hieß Señora Rosa-Elvira. Elsa schnupperte nicht nur nach dem Duft der Suppe, der von unten heraufstieg, sondern auch nach den Gewohnheiten unserer Nachbarin.

Eines Tages war Elsa am Gipfel ihres Appetits angelangt, und ihre Eßlust äußerte sich auf erstaunliche

Weise. Bei uns war es noch nicht Essenszeit. Elsa saß auf ihrem Hocker im Patio und begann, heiße Tränen zu weinen und lauthals ihr Unglück zu beklagen.

Mama hörte zu. Sie überließ Elsa oft ihrem Lieblingssport, wußte sie doch, daß Elsa sich nur hätte beruhigen lassen, wenn die Mahlzeit vorgezogen worden wäre. Sie hörte, wie die Klage sich machtvoll durch das ganze Haus verbreitete, und kam wie meine Schwestern weiter ihrer Beschäftigung nach.

Plötzlich war eine Modulation wahrzunehmen. Elsa stimmte eine neue Weise an. »Ach, ach, ich bin das traurigste Mädchen, das verzweifeltste Kind dieser Gegend! Ach, wie gern wäre ich doch die Tochter von Rosa-Elvira! Bei ihr gibt es die Suppe, die köstliche Suppe schon früher als hier bei mir. Ach, ich arme Unglückliche! Ich werde noch vor heute abend Hungers sterben! Ach, ach, ach!« Und die Tränen hörten nicht auf zu fließen. Sie warf ihre langen Haare in den Nacken und legte ihr ganzes Gesicht frei, damit man gut sehen konnte, wie ihr die Tränen über die Backen rannen. Die Szene war sorgfältig vorbereitet.

Mama kam heran. Sie sagte nichts, aber sie dachte sich um so mehr. Sie war müde von diesem Nachmittag, von der nahenden Dämmerung, und sie legte sich eine Strategie zurecht, während sie dieser Litanei von Vorwürfen und Tränen lauschte. Heute glaube ich, daß sie ihren Plan gemeinsam mit der unteren Nachbarin ausgeheckt hatte.

Sie ging ins Haus und holte eine große, mit einem

Schloß versperrte Holzkiste, in der sie lauter hübsche Kleinigkeiten aufbewahrte. Unter den Briefen, den Karten und den Nippes suchte sie ein Porzellantäßchen hervor, das sie seit jeher besaß. Sie ging zu meiner Schwester und sagte in sanftem, aber bestimmtem Tonfall: »Meine schöne Elsa, du bist sehr traurig. Oh, es ist so schmerzlich, deinen Kummer hören zu müssen. Aber was mich besonders traurig macht, ist zu sehen, wie dieser wertvolle Trank vergeudet wird, der aus deinen schwarzen Augen dringt. Komm, meine Schöne! Laß diesen Tränenschatz hier hineinfließen, in diese hübsche Tasse, die es wohl verdient, so etwas Wertvolles aufzunehmen. Wenn du sie vollgeweint hast, dann ziehen wir – du, ich, deine Brüder und Schwestern – gemeinsam hinaus, um sie über deinen liebsten Rosenstock zu gießen. Dank dieses Elixiers wird er herrliche Blüten treiben, und der Duft der Rosen wird unser Haus durchziehen.«

Elsa versuchte den Gewinn dieser Aktion zu ermessen, während sie den liebreizenden Worten lauschte. Voller Zärtlichkeit hielt meine Mutter das Täßchen an eine ihrer Wangen.

»Wir werden, meine liebe Elsa, mit deinem rechten Auge beginnen. Wenn die Tränen dort versiegt sind, machen wir mit dem linken Auge weiter.«

Meine Mutter und Elsa konzentrierten sich auf das Unterfangen. Wie traten alle heran. Was für ein Wunder! Wir sahen, wie sich vor unseren eigenen Augen ein außerordentliches Phänomen abspielte. Unter Mamas Zauberbann strengte Elsa sich verzweifelt an, ihre Tränen in die Tasse fallen zu lassen. Ein, zwei, drei kleine Tropfen rollten mühselig aus diesem Kanal, der eben noch so wasserreich gewesen war. Der erbitterte Kummer war Mamas Wunsch gewichen.

Natürlich wurde die kleine Tasse niemals voll. Elsa wünschte sich so heftig, ihren Rosenstock mit ihren Tränen zu nähren, daß sie schließlich auf andere Gedanken kam. Ihre Tränen versiegten, und sie entwickelte neue Winkelzüge, die aber weniger lautstark, weniger dramatisch waren. Schließlich verlangte sie gar nicht mehr nach dieser Suppe, die sie so sauer verdienen mußte, und wartete, bis bei uns serviert wurde – eine halbe Stunde später, bei Einbruch der Dunkelheit. Die Familienlegende hat Rosa-Elvira und ihre Suppe verewigt. Wir sprachen von ihr, wann immer unter den Geschwistern übertrieben geweint wurde. Tränen durfte man nicht vergeuden.

Der Zirkus

Eines Abends, sehr spät, fast schon in der Dunkelheit, hörte man Geräusche. Sie hielten lange, sehr lange an. Pferde zogen etwas ziemlich Schweres. In Bruchstücken klangen Stimmen herüber, die andere Wörter aussprachen als unsere. Mit großer Bestimmtheit gab ein Mann seine Anweisungen. Es war eine kleine Welt, die da gewichtig über die Steine unseres Dorfes zog.

Ein Vogel kam und putzte sich in meinem Zimmer die Federn. Es war eine Amsel. Wie war sie hereingekommen? »Sag doch, Vogel, warum hast du dich hierher verirrt?« Hatte ich Fieber? Ich dachte an das Geräusch der Karawane, die meinen Schlaf verwirrt hatte. Es hatte aufgehört, während ich den Vogel ansah. Im Zimmer wurde es richtig dunkel, und die Karawane und der Vogel versanken im Vergessen.

Spät am nächsten Morgen zog Hilda mich aus dem Bett: »Wach auf, der Zirkus ist da! Papa nimmt uns alle mit hin!«

Mit noch halb geschlossenen Augen nahm ich weder meine Schale Kakao noch die Gespräche am Tisch richtig wahr. Es war das Frühstück. Ich höre noch, wie Hilda zu Mama sagt: »Er hat Fieber. Gibt es also keinen Zirkus?« Und Mama, die meint: »Warten wir ein bißchen ...« Hilda bleibt hartnäckig: »Mama, es ist schon wieder ein Vogel in sein Zimmer gekommen. Ich glaube, er ruft sie.« Mama legt meine Stirn an ihre Wange: »Weißt du, mein Sohn, daß du dein Zimmer nicht mit dem Patio verwechseln darfst? Draußen im Patio kannst du dich um die Vögel kümmern, aber laß sie nicht zu dir hereinkommen. Denn in der Morgenbrise können sie nicht mehr weiterfliegen.«

»Mama, er ruft sie! Wirklich, Mama, er ruft sie!«

»Ja, ja, Hilda, ich habe es gehört. Hilf ihm, sich zu waschen, und wir sehen ein bißchen später, ob das Fieber gesunken ist.«

In meinem Zimmer saß wieder die Amsel, die mich ruhig ansah. Ich machte die Tür zum Patio auf, damit sie wegfliegen könnte. Aber etwas sagte mir, daß sie meinen Schutz suchte.

Am nächsten Tag ging ich mit Hilda und Liliane zum Zirkus, und Papa beobachtete uns von weitem. Auf dem Dorfplatz drang Gemurmel aus mehreren Wagen, die im Kreis aufgestellt waren. Beifall brandete auf. Ein Mann ging mit einer Schlange um den Hals spazieren. Eine Frau warf Glückslose. Ein Pferd stieg auf die Hinterbeine. Ein sehr dünnes Mädchen tanzte. Ich hörte sagen, die Frau mit Bart sitze in einem Wagen, aber sie anzusehen koste Eintritt. Ein Mann mit roten Haaren erzählte den Großen Dinge, die wir Kinder nicht hören konnten.

Hilda, Liliane und ich liefen umher, bis wir auf ein

Wunder stießen: Vor uns stand eine Art kleine Schüssel mit Eiswürfeln ... So etwas hatten wir noch nie gesehen. Als wir die Hand darauf legten, waren sie brennendheiß. Als wir sie in den Mund steckten, erhitzten sie uns die Lippen. Liliane hatte Zucker dabei. Die Mischung von Eis und Zucker überwältigte uns. Ich mochte gerne Brombeeren, schon träumte ich vom Geschmack gefrorener Brombeeren, mit Zucker überhäuft. Oh, wie oft hatte ich schon einen Teil meiner Mahlzeit gegen eine Handvoll Brombeeren eingetauscht, die meine Schwestern und Jorge pflückten. Vor allem Jorge nützte meine Schwäche für die hübschen schwarzen Beeren aus. Liliane dagegen hielt die anderen von mir fern, solange ich aß ... Vor den Eiswürfeln prustete sie laut los, die Augen aufgerissen. Hilda versuchte, einen in der Hand zu behalten. Ich wollte ihn ihr wegnehmen, ohne ihn festzuhalten. Ein Mann, der uns bei unserem Spiel beobachtete, lachte und verlangte Geld von uns. Da wir keins hatten, machten wir, daß wir wegkamen. Ein Blick von Liliane hatte genügt, und wir waren auf und davon.

Ein feiner Regen begann zu fallen, und wir stellten uns an einem Wagen unter. Es war der der Frau mit Bart. Auch als der Schauer schon längst vorbei war, blieb ich noch da und musterte dieses behaarte Geschöpf. Plötzlich griff mich eine Hand an der Schulter. Ich wandte mich von der Frau mit Bart ab und erblickte einen Mann mit himmelblauen Augen. Selten hatte ich so helle Augen gesehen. Und diese hier versanken in den meinen. »Stimmt es, daß du mit sehr hoher Stimme singen kannst?« fragte er mich lächelnd. Hinter mir hörte ich Hilda antworten: »Er singt für uns ganz oben auf der Leiter. Er steigt da hoch, damit alle ihn hören können.« Der Mann begann zu lachen und forderte mich auf, ihm etwas vorzusingen. Hilda wußte nicht mehr, was sie sagen sollte. Liliane kam heran und nahm mich bei der Hand. »Sind Sie der, den sie den Engländer nennen?« fragte sie bestimmt. »Nein, Señor Engländer, mein Bruder wird nicht singen. Er hat Fieber und muß sich um seine Vögel kümmern.« Sie beschützte mich und lief mit mir davon. Hinter mir hörte ich den Engländer rufen: »Komm zurück, Kleiner! Du kannst im Zirkus singen! Da kannst du Geld verdienen, du wirst schon sehen!«

Alle drei machten wir uns auf den Weg nach Hause. Als wir Papa begegneten, der in die andere Richtung ging, winkten wir ihm zu. Hilda fragte Liliane: »Warum will der Engländer Alvaro in seinem Zirkus haben? Wir sollten das Mama sagen. Hast du nicht Angst, daß sie ihn uns wegnehmen?« Liliane sah mich an. »Wir müssen dich einsperren. Weißt du, hier gibt es Zwerge und ganz dicke Frauen. Die würden dich bestimmt sehr gern sehr hoch singen hören. Ja, wir müssen heim!«

Zu Hause rief Hilda gleich: »Mama, Mama! Wir müssen den Kleinen einsperren, der Engländer will ihn uns wegnehmen!« Mama kam. Sie beugte sich zu mir, bis ihr Gesicht auf meiner Höhe war, und führte mich ins Haus. »Hör nicht auf das, was die Leute draußen sagen. Bleib einfach bei mir. Komm! Ich mache dir einen guten Kräutertee. Das Fieber wird verschwinden, und du vergißt alles, was passiert ist.«

»Aber Mama, ich will nichts vergessen!«

»Trink nur und mach dir keine Sorgen. Weißt du, der Zirkus bleibt noch länger da.«

Ich lief davon und kletterte auf die Leiter, die an einem Baum im Patio lehnte. Dort suchte ich nach meiner höchsten Stimme und begann zu singen. Ich sang das ganze Repertoire, das ich auf dem mechanischen Klavier im Dorf hatte spielen hören, bis ich es auswendig konnte. Von ganz oben auf der Leiter sang und sang ich.

Als Papa heimkam, hörte er mich. »Komm runter, mein Sohn, wir wollen essen! Wenn du da oben bleibst, werden die Glühwürmchen sich fragen, warum du immer noch singst. Vergiß nicht, daß sie den Abend mit kleinen Lichtern füllen wollen, und du wirst sie davon abhalten. Wenn du nicht still bist, denken die Grillen, du wolltest ihren Platz einnehmen. Du magst sie doch so sehr. Komm runter, mein Sohn, komm runter!«

Ich verstand ihn und kam herunter. Mama erwartete mich unten. Sie nahm mich auf ihre Knie, und wir sahen zu, wie es über dem Patio dunkel wurde. Sie massierte mich am Sonnengeflecht, wie sie es immer tat, und murmelte: »Beruhige dich. Versuche zu atmen wie ich. Hörst du mein Herz schlagen? Ah, es ist langsamer als deines! Atme, atme durch.« Damit wiegte sie mich, wenn sie meinte, ich sei aufgeregt. »Hör zu, hör zu.« Plötzlich hörte ich es. Ja, das war ihr Herz. »Ja, so, atme mit mir.« Und je mehr ihre tiefe Stimme mich dazu aufforderte, desto mehr atmete ich durch und versuchte, mein Herz im Einklang mit ihrem schlagen zu lassen.

»Hörst du meine Stimme?«

»Ja, Mama.«

»Dann singen wir jetzt, aber tiefer.«

Ich versuchte, sie zu begleiten, aber meine hohen Töne waren noch da, noch höher als je zuvor. Trotzdem fand ich eine Stimme, die zu ihrer paßte. Friedlich lachte sie bei dieser Übung. Ich lachte auch.

Nach einiger Zeit hörte ich Papa sagen: »So, also, dann essen wir jetzt! Die Grille Alvaro hat aufgehört zu singen. Überlassen wir den Zirkus den anderen. Sollen wir nicht morgen alle einen schönen Ausflug machen und etwas zu Essen mitnehmen? Was meint ihr?« Wollte Papa die Gefahr von uns fernhalten? Oder fand er ganz einfach den Zirkus zu geräuschvoll für eine so ruhige Familie? Ich weiß es nicht.

Viel später hörte ich sagen, daß der Engländer, bevor er das Dorf verließ, mit Papa geredet hatte. Zu dieser Zeit war er bereits tot. Seine Witwe, die ins Dorf zurückgekommen war, erzählte uns davon.

Über all das hat sich Vergessen gebreitet. Mir bleiben die Eiswürfel, die jedesmal ein Fest sind, bei dem die Zwerge unter dem strengen Blick des Engländers ihre Kunststücke vollführen.

Die Stunde der Diebin

Es gab eine Regenzeit. Wenn sie da war, hatte man manchmal Angst, sie würde nie mehr aufhören. Der Regen war sehr kräftig. Er begann so plötzlich, daß man es kaum schaffte, sich unterzustellen. Und doch wartete man auf diesen Moment: auf den Beginn der Regenzeit. Natürlich war sie von Jahr zu Jahr auch unterschiedlich. Diesmal hatte sie den Typhus mitgebracht, die Krankheit dieser Wochen und dieses Klimas, und der konnte viel länger dauern als der Regen selbst.

Es war an einem ziemlich hellen Tag, einem dieser Tage, an denen die Wolken miteinander reden. Es war Zeit zum Essen, und ich wartete auf meine Mutter. Gegen Abend kam sie von der anderen Seite des Hügels herüber, von da, wo Großvater wohnte, und sie erzählte uns, was los war. Die Krankheit war bis ins Dorf gedrungen, und mehrere Familien beweinten ihre Toten. Auch unsere Familie schien das Fieber nicht verschont zu haben. Es hatte Großvater erwischt. Er hatte uns letzte Woche besucht. Wir beide waren losgezogen, um den Fluß anzuschauen. Während er sich still zurückzog, hatte ich Kieselsteine ins Wasser geworfen. Zur gleichen Zeit wie die Wolken hatte er das Feuer der Steine in der Strömung beobachtet.

»Großvater, was hast du?«

»Ich unterhalte mich mit Großmutter, meinen Kindern und den Drei Damen.«

»Bist du deshalb so müde?«

»Nein nein nein, denn ich brauche keine Wörter, um mich zu unterhalten.«

In den Taschen seiner Jacke hatte er ein paar von meinen schönsten Steinen, meine Lieblingssteine, die ich ihm so gern anvertraute. Ich liebte die Art, wie er sie in seinen rauhen Händen hielt, wie er sie zwischen seinen Fingern klacken ließ. Die anderen hatte ich natürlich in meiner Hosentasche. Ich gab sie nur zum Schlafen aus der Hand. Dann legte ich sie ans Fenster.

Die Müdigkeit hatte sich breitgemacht. Die Müdigkeit in seinem Körper . . . Am späten Vormittag waren wir dann nach Hause gegangen. Wieder hatte er sich hingesetzt. Er war eingeschlafen. Als der Nachmittag zu Ende ging, war er aufgebrochen. Er hatte uns mit der Hand mehrmals zum Abschied zugewinkt, und seine Gestalt war dort hinten verschwunden, da, wo ich morgens stand und wartete, daß er auftauchte. Die Dämmerung war mit ihm fortgegangen, und die Nacht war hereingebrochen.

Papa war ziemlich spät nach Hause gekommen. In seinen Augen lag Traurigkeit.

Am nächsten Tag hatte meine Mutter sich am Nachmittag beeilt, um mit ihrer Arbeit fertig zu werden und Großvater zu besuchen. Das ging ein paar Tage so. Sie lief hin und zurück, während wir Kinder zu Hause blieben und nicht hinausgehen durften. Sogar die Schule war geschlossen. Aus Angst vor dem Typhus ...

Ich irrte durch die Gänge, die Zimmer, an meiner Mauer entlang, als ob der Kummer mich in die Tiefe ziehen würde.

Eines Abends, eines schrecklichen Abends, ging Mama ganz schnell fort. Sie lief und lief. Papa war schon vormittags aufgebrochen. Sie waren alle dort drüben, jenseits des Hügels, im eckigen Haus, mit Großmutter und unseren Tanten. Ich stellte sie mir vor, im tiefen Schweigen. In der Mitte Großvater ... Mama kam sehr lange nicht wieder.

In der Küche war Liliane damit beschäftigt, uns ein heißes Getränk zu bereiten, das uns ein bißchen geduldig machen sollte. Wir schauten auf den Hügel, über den die Besucher kamen. Manchmal gingen sie weg, um nie wiederzukommen. Diesmal war es so.

Endlich sahen wir Mama, die sich langsam bewegte. Der Kummer glänzte in ihren Augen und in Lilianes. Liliane war immer die erste, die verstand ... Mama küßte uns weinend.

»Meine Kinder, Großvater ist mit dem Geist gegangen, mit dem Großen Geist.«

Sie setzte sich und wischte sich mit der Hand die Tränen ab. Wir umringten sie weinend. Sie sprach schleppend, starrte auf den Hügel und den Himmel.

»Ihr erinnert euch doch, wie rauh und hell Großvaters Haut war, als er noch lebte und uns besuchte. Heute nachmittag, Kinder, haben sie mich ein bißchen zu spät geholt. Ich bin zu ihm gegangen, aber niemand erwartete mich unter dem Balkon. Alle waren vor seinem Zimmer versammelt. Er lag auf seinem Bett. Ich hatte ihn schon durch die offenen Fenster gesehen. Eure Tanten saßen auf der langen Bank im Gang, Großmutter saß zu seinen Füßen. Euer Vater sah mich kommen, er hat mir zugelächelt und mich aufgefordert, hereinzukommen. Großvater lag da mit glänzenden Augen. Hört mir zu, Kinder, noch nie habe ich etwas so Schönes und so Seltsames gesehen. Kurz nachdem ich gekommen war, tauchte ein Schatten auf seiner Stirn auf. Nein, kein Schatten ... Wie ein Vorhang, der sanft über sein Gesicht nach unten glitt, und dann seinen ganzen Körper entlang. Der Vorhang fiel herab. Es gab ein Vorher und ein Nachher. Er hat Großvater ganz bleich gemacht. Wo er über den Körper lief, löschte er die Farben aus. Am Ende war Großvater weiß, ganz weiß. Und friedlich ...«

Aus Mamas Worten verstand ich, daß Großvater uns nicht mehr besuchen würde. Weinend zog ich mich zurück. Das Kind weiß nicht mehr, was es sagen soll. Die Tränen rannen über mein Gesicht, und ich hörte es von innen rufen: »Wir müssen los, losgehen, laufen!«

Ich stieg ins Dorf hinunter und ging über den Platz auf dem Abhang, der ganz mit Steinen gepflastert war. Nichts konnte mich halten, außer Mamas Worten. Ich durchquerte den kleinen Friedhof. Niemand sprach dort, die Seelen blieben stumm. Der Wald der dunklen Bäume nahm mich auf, er war dunkler als je zuvor. Seine singenden Blätter waren verstummt. Nichts, nichts hielt mich zurück. Schweigen, seltsames Schweigen, auch in der Seele ... »Wo bist du, Großvater, wo bist du?« Immer noch Schweigen.

Die Zeit weckte mich auf. Die Insekten umschwirrten mich. Es war beinahe dunkel. Mama und Papa mußten verrückt vor Angst sein. Ich ging nach Hause hinauf. Aber das Haus hatte mir nichts mehr zu sagen. Bei Tisch tat meine Familie so, als würde sie essen. Ich setzte mich an meinen Platz, ohne daß ich gescholten wurde. Es gab Bohnensuppe. Ich trank die Brühe und versuchte, mit meinem Löffel aus den Bohnen die Konturen der Hügel zu zeichnen. Nichts nahm Form an. Wer konnte an diesem Abend essen?

Langsam stand einer nach dem anderen auf. Alle suchten sich, ohne ein Wort zu sagen. Ich sah den Patio an, Großvaters Stuhl, den Himmel. Niemand antwortete. Der Mond war nicht da. Falls er doch da war, habe ich ihn nicht gesehen. Der nächste Tag mußte kommen. Dann würde ich meinen Fluß besuchen. Ob er vielleicht dort war und auf mich wartete? Ich weiß nicht, wie die Nacht verging.

Der nächste Morgen kam, aber nichts war so wie früher. Die Vögel pickten und sangen vor meinem Fenster. Das Licht schien ins Zimmer hinein. Ich sagte nicht »Guten Morgen, mein Licht«. Ich stand auf. Ich ging an der Mauer entlang, hoffte, zur Ruhe zu kommen. Die Mauer antwortete nicht mehr. Ich versuchte zu pfeifen. Mir fehlte die Luft. Es war alles leer. Der Klang antwortete auch nicht. Was sollte ich also tun? Der Fluß, ja, die Soledad erwartete mich.

Ich lief bis zu dem großen Stein, auf den Großvater sich setzte, während ich um ihn herumhüpfte und Kiesel suchte, seine Aufmerksamkeit auf unsere Welt lenkte. Aber nichts geschah. Er war nicht da. Wie konnte die Welt ohne ihn weitergehen? Mich überfiel der Kummer. Ich saß auf dem großen Stein und warf meine Kiesel ins Wasser. Ein Gedanke stieg hoch. Ja, auf jedem meiner Steine könnte Großvater sich ausruhen auf dem langen Weg, den er begonnen hatte. »Meine Tränen sollen deinen Durst löschen, großer Reisender! Meine Kiesel sollen dir ein Anhaltspunkt sein!«

Ich stand auf und ging nach Hause, wo ich alle meine Steine holte. Wieder zurück am Wasser, ließ ich sie über ein gutes Stück Weg fallen, parallel zu meiner Mauer, die in dieselbe Richtung verlief wie der Fluß. »Ich schenke dir, Großvater, Kieselmeilensteine, während du den Weg beschreitest, der dich ans Ende der Welt führt, zum Sternenfriedhof.« Was ist der Kummer eines Kindes? Kieselsteine, die man ins Wasser wirft, während die Tränen sein Gesicht überziehen.

Am nächsten Tag wurde Großvaters Leiche zum kleinen Friedhof gebracht. Mein Gedächtnis ist dem Trauerzug nicht gefolgt. Ich hatte das Begräbnis schon mit meinen Steinen begangen. Von weitem, oben vom Hügel aus, beobachtete ich den Fluß, ohne lange auf dem Gebiet der Toten zu bleiben. Ich flog über den Wald der dunklen Bäume. Plötzlich erschien mir mein Tal zum Ersticken. Ich müßte den Horizont aufbrechen, diesen Ort verlassen.

Großmutter kam zu uns herunter. Als sie eintraf, setzte sie sich auf Großvaters Stuhl. Schweigsam wie immer, sah sie auf die Bäume im Patio, nachdenklich streckte sie mir einen Arm hin. Ich trat zu ihr und setzte mich auf den Rand des Stuhles. Sie zeigte zum Horizont und sagte: »Schau den Weg ans Ende der Welt, den nimmt Großvater jetzt. Die Drei Damen begleiten ihn in Frieden.« Und sie öffnete eine Hand, sie gab mir kleine Kieselsteine, die er aufbewahrt hatte. Sie waren noch ganz voller Licht. Großmutters Augen blinkten.

»Mein Kleiner, sammle noch welche. Das Leben geht weiter, mein Enkel. Und heute abend sehen wir die neuen Sterne an, und wir suchen ihn, Großvater. Ja, geh und sammle schöne Steine. Diesmal für mich . . .«

Und da kam Jaime

Man hatte mir gesagt, Elsas Vorherrschaft sei bald zu Ende. Elsa, das Nesthäkchen, die Bevorzugte, die wie eine Schwalbe am frühen Morgen ist, die sich im Haus wie eine Königin benimmt. Meine Tanten, und mit ihnen andere Familienmitglieder, behaupteten, ihre Vorherrschaft sei bald zu Ende. Mir schien das ganz undenkbar. Sie war so zufrieden, besetzte immer den Platz in der Mitte, so daß es unvorstellbar für mich war, sie könne ihre Oberhoheit einbüßen.

Mama kam mit einem kleinen Geheimnis: »Alvaro, du mußt den Großen Geist um etwas Wichtiges bitten. Sag ihm, daß du eine neue Schwester oder einen neuen Bruder suchst, damit Elsa nicht verkommt wie eine Königin. Du siehst doch, sie ist nicht bescheiden, sie wird zu stolz.« Ich meinte zu verstehen, ohne daß ich wirklich verstand. Einen kleinen Bruder, eine kleine Schwester . . . Ich fand, ich hatte schon so viele! Ich hatte schon vier Geschwister. Noch eines . . . noch eines . . . Warum auch nicht? Also meine Aufgabe ist es, den Großen Geist darum zu bitten . . .

Ich zog los mit meiner Aufgabe. Ich ging zu meiner Mauer und sagte ihr: »Hilf mir, den Geist zu treffen und ihm Papas und Mamas Sorge zu unterbreiten: Wir brauchen einen kleinen Bruder oder eine kleine Schwester.« Die Mauer antwortete nicht. Sie mußte doch etwas wissen vom Geist, aber sie verriet es nicht.

Am nächsten Tag ging ich meine Kuh Florinda melken. Es war eine schöne Kuh, dick war sie, weiß mit schwarzen Flecken. Sie muß fast eine Zwergkuh gewesen sein, denn ich hatte keine Schwierigkeiten, sie zu melken. Ich setzte mich auf einen kleinen Schemel, spreizte ihre Hinterbeine und strich bequem ihre Milch heraus. Das einzige Problem war ihr Schwanz, mit dem sie die Fliegen verscheuchen wollte. Ich wußte, wieviel Milch sie mir gab. Ich stieg pfeifend den Hügel hinab und trug vorsichtig die Milch für das Frühstück hinunter. An diesem Morgen fragte ich sie: »Hast du genug Milch für einen kleinen Bruder oder eine kleine Schwester?« Auch sie blieb stumm.

Damit ein kleiner Bruder oder eine kleine Schwester geboren werden kann, braucht man Milch. Ich ging zu Andrea hinunter, ich steckte den Kopf durch ihr Fenster und rief: »Andrea! Kannst du den Geist bitten, daß er Papa und Mama ein kleines Geschwisterchen bringt und daß es genug Milch für alle gibt?«

»Keine Sorge, Alvaro, Milch wird es geben. Aber den Geist mußt du selbst bitten. Ich bin schon ein bißchen schwerfällig, und ich weiß nicht, ob er mich hört. Aber du, ja, dich wird er anhören.«

Ich zog los, den Geist zu suchen. Der Große Geist mochte keinen Lärm. Man mußte ihn überraschen. Aber wie sollte man ihn überraschen? Ich ging zu Großmutter, um zu hören, was sie dazu meinte. »Alvaro, leg dich flach auf die Erde und suche den Atem. Man nimmt den Geist mit dem Atem auf.« Sie drückte mich an sich und ließ mich meinen Atem hören. »Ja, weiter! Siehst du, dein Bauch berührt schon fast die Wirbelsäule. Du hast die ganze Luft ausgeatmet. Und dann füllst und leerst du wieder deine Lunge. Spürst du, wenn die Luft hereinströmt? Aber das Wichtigste ist der Moment, wenn sie entweicht. Diese ganze verbrauchte Luft! Laß dich gehen, bleib ganz frei. Du bist dir deiner bewußt. Du atmest ganz einfach. Allein, ganz waagrecht auf der Erde. Mach kein Geräusch, hör auf deinen Atem und nutze die Gelegenheit, mit dem Geist zu sprechen. Der Geist hört den Atem, der Geist ist wie der Atem. Das ist der Weg, über den er uns besucht.«

Ich stieg hinunter ins Tal der dunklen Bäume, wo niemand Reden hielt. Ich sah in die Höhe. Die großen Blätter tanzten noch immer. Ich stand unter den Bäumen, spürte die Brise und den Lufthauch und glaubte zu verstehen, daß der Geist einen kleinen Bruder oder eine kleine Schwester bringen würde.

Ich stieg zurück nach Hause und sagte: »Ich werde einen kleinen Bruder oder eine kleine Schwester bekommen!« Mama antwortete: »Ah, dazu mußt du noch ganz viel bitten. Das braucht Zeit, viel Zeit.«

In mir wurde die Idee geboren, daß seit langem ein kleiner Bruder auf mich wartete. Ich mußte gewissermaßen meinen Atem, meinen Lufthauch, dem des Geistes anpassen, damit seine Augen sich uns endlich nähern konnten. Die Augen des kleinen Bruders ... Die Zeit verstrich. Manchmal sprachen Papa oder Mama mit mir über ihn.

Da kam der große Tag. Ich war versunken in die Betrachtung der Insekten, der Vögel, der Schmetterlinge. Ich hörte meine Schwester Hilda rufen: »Alvaro, Alvaro, komm!« Ich ging ins Haus. Da waren Leute. Schließlich verkündete Papa strahlend, daß Jaime angekommen war. Da hörte ich: »Los, Alvaro! Sag im Dorf Bescheid, daß wir uns sehr freuen, weil Jaime da ist. Wir wollen die Freude teilen.«

Ich sah mich hinuntersteigen, rundum zufrieden, und an den Türen klingeln und verkünden: »Señor, Señora, von Mama und Papa soll ich ausrichten, daß Jaime da ist.« Nachdem ich bei allen gewesen war, ging ich noch einmal in das Tal der dunklen Bäume, um dem Geist zu danken. Als ich ins Dorf zurückstieg, sagte ich in Gedanken zu meiner Kuh: »Florinda, sei morgen früh besonders schön. Schenk mir eine Tasse Milch mehr, denn Jaime muß sehr durstig sein.« In meiner Vorstellung hatte Jaime einen sehr, sehr weiten Weg hinter sich.

Jaime besetzte Elsas bevorzugten Platz. Von jetzt an war er das Nesthäkchen. Der letzte vor der großen Revolution ... Er war so klein für die schlimme Zeit, die sich ankündigte! Und mein ganzes Leben lang habe ich mich mit diesem Kind verbunden gefühlt, das von so weit herkam, das der Große Geist uns geschenkt hatte.

Als der Mond verlosch

Verschmitzt lachte Großmutter vor einem dicken Kessel voll kaltem Wasser, in dem eine Unmenge roter Bohnen schwamm. Ihre Hand tauchte hinein und holte die Bohnen heraus, die obenauf trieben, weil sie nicht schwer genug waren. Sie sagte mir lächelnd: »Willst du die? Das sind arme Unglückliche. Sie dachten, sie wären stark und dick, aber sie haben nicht genug Gewicht und schwimmen obenauf.« Die anderen Bohnen gingen unter. Über Nacht verschwand ihre Steifheit, und rund und fröhlich füllten sie den Kessel, bevor sie aufs Feuer kamen. Ich betrachtete traurig die, die gekocht und gegessen werden sollten, und ich grub die Unglücklichen ein, die laut meiner Großmutter nicht genug Gewicht hatten. Am nächsten Tag, als ich vor meinem Teller voller roter Bohnen mit Koriander saß, blieb ich stumm. Ich aß zufrieden und ließ meiner Phantasie freien Lauf. Aber Großmutter erklärte: »Na, du bist wohl glücklich? Die, die du da mit Koriander ißt, freuen sich, daß sie dich nähren.« Ich wußte nicht mehr, ob ich mich für meinen Appetit schämen sollte oder für die armen Bohnen, die ich gegessen hatte. Versöhnlich fuhr sie fort: »Nächstesmal, wenn ich Bohnen koche, hilfst du mir beim Auswählen.« Ich zwinkerte ihr zu und sagte: »Mal sehen, mal sehen, Großmutter ...«

Geschichten wie diese füllten die Tage, die sich dahinzogen. Etwas später, als Großmutter alt wurde, hörte ich sie sagen: »Ich fühle mich alt, sehr, sehr alt!« Sie ging durch den Patio, Nadeln in der Hand, und ein Knäuel Baumwolle rollte ihr zwischen die Füße. Sie strickte eine Hängematte für Papa. Ich sah, wie sie sich setzte. Sie wollte mit mir reden. Sie steckte das Wollknäuel fest, sah mich an und begann, mir eine Geschichte zu erzählen. Sprach sie von sich oder von einer anderen alten Dame? Wie auch immer, was sie sagte, ist mir jedenfalls geblieben.

Die Nachbarberge hatten sehr stark geprustet. Für die Leute wurde es unmöglich, weiter auf dem Hang oder dem Kamm zu wohnen, wie sie es am liebsten getan hätten. Die Handvoll Leute mußte herunterkommen. Auch die alte Dame. Als am nächsten Morgen die Berge ihr Haus verschüttet hatten, war sie gezwungen, bei ihrer verheirateten Tochter Zuflucht zu nehmen. Sie machte sich auf den Weg, auf dem Rücken trug sie das wenige, was ihr blieb. Langsam, erhaben stieg sie hinab, ohne einen Blick zurückzuwerfen. Aber jeder Schritt, der sie weiter von ihrem Lebensraum entfernte, fiel ihr schwer. Das Gewicht der Zeit spürte sie in ihren Knochen.

Als sie in der Dämmerung ankam, stand sie vor dem Undenkbaren: Man erwartete sie in einem Weiler von Häusern aus Ziegeln, eckigen Häusern, die in keiner Weise denen in ihren Bergen glichen. Die Kreise waren vergessen. Überall Quadrate und Rechtecke. Wohin sollte sie gehen, wohin sehen? Die alte Indio-Dame aus dem runden Land liebte die Kreise, die Gegenden der Cordillera, die Rauheit des Geländes, wo die einzige gerade Linie die des Horizonts war. Eine Linie, über der sie nach den Wolken spähte, um darin nach einer Hoffnung auf Wasser zu suchen. Eine Linie, an der sie die Windrichtung witterte, die Bewegungen der Tiere, die träge Ausdehnung der Bäume, wonach sie am Boden Feuchtigkeit und gute Erde suchte.

Stolz und aufrecht durchquerte sie das Dorf und merkte nicht, daß die Leute auf dem Platz herantraten, um sie zu betrachten. In äußerster Würde kam sie zu ihrer Tochter, die sie zu sich nach Hause führte. Auch das ein eckiges Haus ... Kaum war die Eingangstür geschlossen, stand sie vor dem eckigen Patio. Sie seufzte tief auf, während sie die Bäume ansah und um Hilfe bat. Sie schienen sie nicht zu verstehen. Kein Wort also auf ihren Lippen, aber ein schmerzliches kleines Lächeln ...

Die Kinder kamen und umarmten sie. Voller Zärtlichkeit nahm sie ihre Zuneigung entgegen und ließ sich auf einen Hocker fallen, wie jemand, der nichts erwartet, sondern bereit ist, sobald wie möglich wieder aufzubrechen.

Still und leise kam der Abend. Zur Schlafenszeit führte man sie in das Zimmer, das für sie vorgesehen war, das geräumigste, das auch als Wohnzimmer diente. Am nächsten Tag fand ihre Tochter sie an genau der Stelle sitzen, wo sie sie am Vortag verlassen hatte. Schweigsam und gefügig stand die alte Dame auf, um zu helfen. Die Tochter spürte, wie die Tränen in ihr hochstiegen. Die alte Dame wusch sich die Haare und ließ sie offen, ohne den langen Zopf zu flechten, der bis in die Mitte des Rückens reichte und der sie stets mit Stolz erfüllt hatte. Ihr Schwiegersohn, ihre Tochter und ihre Enkel verstanden den endlosen Kummer der alten Indianerfrau im eckigen Haus.

Und nicht nur die Häuser waren eckig; auch die Stimmung, die Formen waren es. Alles war genau. Das Tal erstickte in der Hitze, kein Lufthauch bewegte die Bäume. Die Sonne brannte auf die Dächer, die Mauern und die Menschen. Die Steine auf den Straßen gaben sich ohne Reaktion den Schritten der Maultiere hin. Für die alte Dame von jenseits der rauchenden Berge war die Welt verschwunden.

Ein verkohlter Tag folgte auf den anderen, ohne Spuren zu hinterlassen. Allein in ihrem Zimmer, suchte die alte Dame den fernen Horizont ab, den sie von ihrem Fenster aus erkennen konnte. Wochen und Wochen vergingen. Ganz allmählich wurde das Lächeln, das sich anfangs auf ihren Lippen abgezeichnet hatte, zu einer Maske des Schmerzes.

Eines Abends bemerkte der Schwiegersohn beim Heimkommen, daß etwas Ungewöhnliches vor sich ging. Die alte Dame stand wortlos von ihrem Hocker auf und suchte die Kohle. Sie öffnete die Jutesäcke, aus denen sie mehrere schwarze Stäbe zog. Dann trug sie sie in ihr Zimmer und schloß sich ein. Die Familie machte sich Sorgen, aber die Tochter verstand, wie sich ihre Mutter fühlte, und beruhigte ihren Mann und die Kinder.

Plötzlich hörte man Gesang. Die trockene, laute Stimme erklang im abgehackten Rhythmus eines Gebets an die Sonne, an die Sterne. Es war mehr als ein Gebet, es war eine Beschwörung, die nach Trommelbegleitung verlangte, eine Folge von Klagen, die nicht an ihr Ziel drangen. Den Rhythmus stützte eine Art langsamer Tanz, auch er ganz abgehackt. Es war ein Ritus aus ihrer Gegend da oben in der Cordillera. Ein Gebet der Vorfahren, ein wiedergefundenes Echo, um zu besänftigen, was die Tage und Wochen der Angst in ihr hatten aufsteigen lassen. Man hörte andere Geräusche im Hintergrund. Allmählich vergaßen die Kinder ihre Angst. Später wiegte der Takt sie in den Schlaf, während die Eltern noch auf die geschlossene Tür starrten. Schließlich überkam auch sie der Schlaf.

Als die junge Mutter sehr früh im Morgengrauen aufstand, waren Gesang und Tanz verstummt. Ruhe herrschte auch im Patio und im Flur. Die Tür zum Wohnzimmer, das Schlafzimmer geworden war, stand halb offen und schien sie zum Eintreten aufzufordern. Die Stille zog sie an, und sie ging vorsichtig hinein. Sobald sie über die Schwelle getreten war, verflog ihre Sorge. Nur ein kleiner Schrei drang über ihre Lippen:

Nichts war wiederzuerkennen. Das Wohnzimmer existierte nicht mehr. Sogar die Stühle, die dort gestanden hatten, waren verschwunden. Ein ganz anderer Rahmen war entstanden.

Auf der weißgekalkten Mauer sah man Hügel, die mit Kohle aufgezeichnet waren. Die Kette unterhalb des Dorfes war naturgetreu wiedergegeben. Doch man sah nicht die Außenseite der Cordillera, sondern das Innere, die Landschaft, die die wenigen Leute umgab, die einst da oben lebten. Mit den gemalten Berggipfeln hatte der Raum nichts mehr von einem eckigen Wohnzimmer. Man meinte, in dem Dorf hoch oben in den Bergen zu sein. Das Zentrum war nicht mehr ein Quadrat mit einem Tisch, einem Bett und Stühlen. Keine Spur mehr von den Möbeln ... Mitten im Zimmer stand ein Indianerzelt. Darin hockte die alte Dame auf ihren Fersen, und dort strickte sie wieder, erhobenen Hauptes und geheimnisvoll lächelnd. Mit Tränen in den Augen kniete die Tochter sich hin, um ihre Mutter zu küssen. Die alte Dame hatte ihre Cordillera wiedergefunden und ihren Platz.

Die Tochter weckte ihren Mann und die Kinder. Sie würden gemeinsam im Zelt frühstücken. Schon machte die alte Dame sich in der Küche zu schaffen. Der Rhythmus der Familie nahm wieder seinen Lauf, und diesmal mit der Großmutter.

Tage und Monate vergingen. Eines Abends fand die Tochter die alte Dame im Zelt sitzend. Den Zopf ordentlich geflochten, den Kopf erhoben, das Lächeln auf den Lippen, die Augen ohne Leben. Leise war sie für immer mit dem Großen Geist gegangen, den Blick fest auf die Linie ihrer Berge gerichtet. Sie hatte schließlich die eckigen Formen verlassen. Die Völkervermischung hatte die Schwächeren ihren Gesetzen unterworfen, aber die alte Dame mit ihrem Zopf und ihrem aufrechten Gang hatte den Maßen der Talebene nicht nachgegeben. Aufrecht, sehr aufrecht, und zart, sehr zart war sie gegangen, und sie ließ hinter sich das Gefühl für die Bögen, dank derer der Geist in den Bergen leben und über den Gipfeln schweben kann. In ihrem Gedenken bleibt die Erinnerung an einen hohen, ganz aufrechten Baum, das Symbol des Ritus von dort oben. War es ein Traum? War es Großmutter? Mama und Papa schwiegen, als ich sie danach fragte. Mein Herz mußte es entscheiden. Ja, Großmutter, du bist es, die für mich das Netzwerk dieser Erinnerungen gewoben hat.

Die Zeit zog und zog sich noch mehr. Bald schon sollte ich acht Jahre alt werden. In diesem Alter sollte es zum Treffen mit dem Grauen kommen, das sich in anderen Gegenden schon bemerkbar machte und immer näher rückte.

»Wach auf, Cordillera!«

Ich höre sagen, daß das Dorf unruhig ist. Die Gefahr kommt, aber woher kommt sie? Ich höre Papa, Mama und ihre Freunde reden, leise kommentieren.

Die Sorge wächst. Und da müssen wir von heute auf morgen weg. »Wohin gehen wir?« fragt Jorge.

»Zu meinem Vater«, antwortet Mama. »Nach unten, ins Land der Abhänge, für ein paar Monate.«

Nach dem, was ich sagen höre, ist das Leben dort beschwerlicher. Die Tiere, die Maultiere, müssen sich einen Weg durch die Natur bahnen, die sich ihnen in den Weg stellt. Aber dort sind wir besser geschützt.

Ich gehe auf den Friedhof, um Großvater auf Wiedersehen zu sagen und der anderen Großmutter, die schon sehr jung im Wochenbett gestorben ist und seit jeher dort ruht. Ich steige hinunter in den Wald der dunklen Bäume und auf den Saladitos-Weg. Ich sehe nach, was mir meine Mauer schenkt, und dann betrachte ich zum letztenmal die Soledad.

Die Maultiere werden beladen. Wir steigen auf ihren Rücken oder auf die Lasten, die sie tragen werden. Die Reise ist lang bis zu dem Ort, an dem für uns eine Zeit des Wartens beginnt.

Zwei oder drei Tage später entdecken wir ein Haus,

einen Flur, ein *trapiche*, um das Zuckerrohr zu mahlen, und ein Land voller Kraft, aber ohne Schönheit. Die Hänge der Cordillera sind wunderlich verschachtelt. Der Boden scheint einen verschlingen zu wollen. Dieser Weg ist für mich ganz und gar nicht durchschaubar.

Wir richten uns allmählich ein. Wir müssen ein neues Leben beginnen. Ich muß einen größeren Raum zähmen als den des Patio zu Hause oder den des Dorfes. Ein sehr großes Gut breitet sich da ohne jeden Schutz vor uns aus.

Manchmal kommen unangekündigt Gruppen von bewaffneten Männern auf Pferden vorbei. Ich höre die Großen sagen, daß diese Besucher Guerilleros sind. Die Männer sprechen vom Blau oder Rot, je nach ihrer politischen Farbe.

Die Besorgnis wächst. Unordnung und Zerstörung schreiten voran. Papa ist nervös, spricht wenig. Mama ist geschäftig, sie, die die Hänge der Berge so gut zu bezwingen weiß. Sie ist immer auf ihrer *yegua*, ihrer Stute. Sie überwacht mit Papa das Vieh.

Wir Kinder sollen ganz nah am Haus bleiben, uns nicht entfernen. Liliane ist hinter uns allen her. Jorge auch. Man kann beinahe nicht mehr vor die Tür gehen.

An einem Freitag hört man in der Dämmerung Flügelschläge. Geier ziehen am Himmel ihre Kreise, Scharen von Geiern. Das sind Aasvögel. Gleichzeitig sieht man in der Ferne Rauch aufsteigen. Das Vorrücken der Zerstörung und des Krieges. Dort hinten ist ein Feuer ausgebrochen.

Ich höre Papa und Mama uns Anweisungen erteilen. Wir sollen uns einen Poncho oder eine Decke über die Schultern ziehen. Wir müssen schnell weg. Der Tod wird uns verschlingen. Ich höre Schreie, Pferde, Maultiere, Bewegungen. Ich sehe, wie ein Mann Liliane auf dem Rücken fortträgt. Mama und Papa hinterher. Da sind auch ein paar Leute zu Fuß. Mama hält Jaime im Arm, den Kleinsten. Wir werden die Nacht in den nahen Bergen verbringen. Die Stunden verstreichen.

Plötzlich sind die Berge voll von Lärm. Er kommt von unten. Die Guerilla tötet die Kühe und die Pferde. Unser Haus brennt. Alles ist voller Rauch, alles ist Zerstörung. Wir schmiegen uns in unser Versteck.

Während das Haus brennt und die Schreie der Tiere weiter zu uns aufsteigen, versuchen wir, uns zu beruhigen. Ich habe ein Bild vor Augen: Ich sehe mich wie einen Kolibri über dem Dorf schweben, das Morgengrauen des Bewußtseins. Der Flug der Geier hat den Frieden in die Flucht geschlagen.

Am ersten Abend der *Violencia* gab es keinen Schlaf. Vor Schrecken mochte die Nacht ihre Sterne nicht zeigen. Sie schloß sich im Grauen ein. Der Mond verschleierte sein Auge und mochte sich nicht zeigen. Die Cordillera spürte das Übel, das sich in ihren Falten abspielte. Ein-, zwei-, dreimal versuchte sie, sich in Bewegung zu setzen. Lange Zeit war sie schläfrig geblieben. Schläfrig war sie noch immer, aber sie begann sich zu strecken, wie um zu gähnen, und versuchte, ganz wach zu werden.

Papa und Mama setzten uns auf den feuchten Boden, unter einem sehr dunklen Baum. Während sie uns in Ponchos hüllten, begann Mama ein langes, langes Gebet. Ich spürte die Wärme meiner Brüder und Schwestern, ich öffnete die Augen und rief dieser so schwarzen Erde zu, die bisher stumm geblieben war: »Wach auf, gute Mutter Erde! Mutter Cordillera, wach auf! Passe unsere Seele dem Rhythmus der deinen an, große Mutter Erde!« Alles war geräuschlos und dunkel. Mein Herz sprach weiter: »Oh, meine schönen Berge! Versteckt uns, solange das Übel andauert!«

Die Insekten und die Vögel waren schon lange verstummt. Ich schloß den Vorhang meiner Lider und wischte eine Träne weg, die nicht weichen wollte. Ich sah, wie ich versuchte, wieder die Hand auszustrecken, um den Horizont entzweizuschneiden, so wie Großvater es gemacht hatte, um seine Drei Damen zu sehen. Aber meine Einsame, meine Schweigsame und meine Diebin waren noch nicht da. Es gab keinen Horizont. In einem großen Schweigen stammelte mein Herz: »Großvater, Großvater, vergiß mich nicht! Großvater, Großvater, behüte uns in der Dunkelheit dieser schönen Erde! Laß uns, Großvater, noch am Leben!«

Die Nacht dauerte an, das Schweigen auch. Und die Stimme meines Herzens war schließlich verstummt.

Nachwort

Alvaro Escobar-Molina wurde in einem Bergdorf in einem kolumbianischen Hochbecken geboren, im Schatten eines Berges, den er Madremonte nennt. Heißt er wirklich so? Möglich ist es, aber nicht gewiß, denn das Land der Kindheit ist immer ein Land der Phantasie; und zudem ist diese Gegend heute vom Joch der Gewalt zerrissen: Dinge und Gestalten zu benennen, die Ereignisse wiederzugeben, so wie sie sich abgespielt haben, nichts davon ist selbstverständlich, wenn im Schatten des Berges der Tod umgeht.

In den alten Zeiten, als noch Frieden herrschte, war da dieser schlafende Berg, da hörte Alvaro die Stimme seiner indianischen Großmutter, folgte dem Lauf der Quellbäche, schlüpfte in den unsteten Mantel der Winde, und so öffneten sich seine Augen für die Schönheit der Welt.

Alvaro war kein Kind wie andere Kinder. Er stammte von Indios und von Spaniern ab (noch vierhundert Jahre nach der Eroberung ist in keinem Andenstaat die klaffende Trennung der Gründerzeit überwunden). Es ging das Gerücht, er sei ein Zauberkind, das hört und sieht, was nicht hörbar und sichtbar ist. Aber seine Gaben belasteten ihn nicht, solange er nach Herzenslust entdecken konnte, wie seltsam die

Worte sind, solange er an den Bächen entlanglaufen konnte, farbige Kieselsteine hineinwerfen, eins werden mit dem Klang der Welt, zu dem sich die Schreie der Tiere gesellen, die Gewalt des Wassers und die Stimmen der Menschen und der Götter.

Noch während seiner Kindheit wurden Alvaro und die Familie vom Krieg aus dem Dorf vertrieben. Seit zwei, drei Generationen ist der Krieg in allen Winkeln Kolumbiens das Erbe des Volkes. Ohne einem die Wahl zu lassen, wird er dem Menschen auferlegt, einziges Ziel bleibt das Überleben.

So verließ Alvaros Familie das Land der Vorfahren. Der Verlust ist grausam, bringt nicht nur die Entfernung von den Plantagen und den seltenen Früchten, er raubt nicht nur den Duft und das Flüstern der Brise, die besondere Anordnung der Sterne: Er reißt den Menschen los von etwas, was älter und größer ist als er selbst. Er schneidet den Menschen buchstäblich von seiner Welt ab und verweist ihn in ein Exil des Herzens, der Orte und der Geister, in ein Exil der Sprache ... Was nach dieser Zerschlagung bleibt, wenn Verwirrung und Angst besänftigt sind, das muß jeder selbst wiederentdecken. Die Geduld eines Lebens ist nicht immer ausreichend dafür.

Alvaro lernte seine erste Fremdsprache – Spanisch – im Jesuitenkolleg von Bogotá, wo man ihn den kleinen Indianer nannte. Sonntags wurden seine Schulkameraden von ihren Familien in langen Limousinen abgeholt, deren Chromstahl blitzte. Seine Mutter kam barfuß.

Mit dem Lauf der Jahre nahm sich die *Violencia* weiterhin, was ihr zustand. Exil und Tristesse in den Häusern waren nicht genug ... Die einen mußten sterben, andere ins Gefängnis, alle hatten Prüfungen zu bestehen, die sie zermürbten und verstummen ließen, kaum in der Lage, sich einander im Schweigen der Nacht zuzuflüstern, was sie erlitten hatten.

Davon, von Trauer und Einsamkeit, spricht Alvaro wenig: Das Leiden, das in ihm wohnt, hat ihn nicht Mißtrauen gelehrt, sondern einfach nur das Wissen um die Zerbrechlichkeit des Lebens, das Wissen, daß ein unbedachtes, unnötiges Wort töten kann. Um zu leben, muß man erst einmal überleben: Die Lektion ist mit Worten leicht zu formulieren, aber sie gerät ständig in Vergessenheit, und überall und jederzeit wird sie um den Preis von Blut und Tränen neu entdeckt.

Alvaro studierte in Bogotá und im Ausland Philosophie und Psychologie. Stets führte ihn sein Weg mit Lehrern zusammen, mit denen die Grenzbereiche der menschlichen Seele zu erfahren und zu teilen er sich nicht scheute. Er war bei den Einsamen und den Ausgeschlossenen; als Überlebender ließ er sich zu den Überlebenden treiben. Damals schon arbeitete er mit Häftlingen, mit Künstlern, mit all den Gefangenen des Daseins.

In der Folge eines Ereignisses, das sein Leben erneut erschütterte, über das er aber schweigen möchte, kam Alvaro vor etwa zwanzig Jahren nach Frankreich. Er sprach kein Wort Französisch, und sein einziger

Anhaltspunkt in diesem Land war die Adresse eines Trappistenklosters in Französisch-Flandern. So lernte er inmitten von Mönchen, die das Schweigegelübde abgelegt hatten, Französisch sprechen, und zugleich erlernte er die Kunst der Käseherstellung. Buchstäblich entriß er die Worte dem Schweigen, als wäre dieses Lernen eine Metapher seines Lebens.

Heute ist Alvaro Escobar-Molina Klinikpsychologe und lehrt an der Universität von Amiens. In seiner Arbeit als Psychoanalytiker setzte er sich besonders für Künstler ein, die ihren Weg noch suchen. Nach jahrelanger Arbeit mit Häftlingen schrieb er ein Buch über Phänomene des Eingeschlossenseins; weiterhin verbringt er viel Zeit hinter den Mauern von Klöstern mit Nonnen und Mönchen.

Betritt man seine Wohnung im zweiundzwanzigsten Stock eines Hochhauses im Pariser Südosten, kommt man in ein Land des Lichtes. Auf bescheidenem Raum hat der kleine Indio Ordnung und Sanftmut hergestellt. Hinter seinem Schreibtisch hat er in seinem Bücherregal die Worte derer gesammelt, die ihm geholfen haben; ein paar Fotos von Frauen im Schlafzimmer; überall einfache Gegenstände, die eine Geschichte zu erzählen haben. Alvaro hört viel zu, und das besonders aufmerksam; wenn er spricht, hat jedes seiner Worte das Gewicht des Einfachen, der Intelligenz und des Humors.

Die Texte dieses Bandes wurden in französischer Sprache geschrieben, jedes Wort mit der Sorgfalt eines

Bildhauers gewählt. Kindheitsgeschichten, wenn man so will, aber der rote Faden darin sind die Steine, auf die ein Kind springt, wenn es einen Fluß überquert. Ist es auf der anderen Seite angekommen, dreht es sich um und betrachtet sie, und es sagt sich: »Ja, da entlang bin ich gekommen, diesen Steinen verdanke ich es, daß ich nicht gefallen bin und von der Gewalt der Strömung mitgerissen wurde. Ihnen verdanke ich es, daß ich lebe.«

Mit der Zeit und mit der Reise über die Kontinente sind die Steine in der Landschaft seiner Seele geblieben. Wenn das Leben schwierig und die Einsamkeit erdrückend ist, wenn keine guten Nachrichten kommen, dann sind Alvaros Steine doch immer da, sie verbreiten ihr Licht, ihre stillen Lektionen.

Jenseits ihrer wunderbaren poetischen Kraft geben Alvaros Texte einem abgenutzten Wort neuen Sinn: der Weisheit. Lassen wir sie langsam ihre Harmonie verströmen, und hören wir sie in der Nacht erklingen, an der Grenze von Traum und Wirklichkeit.

Der kleine Indio, das Kind der Madremonte, des schlafenden Berges, erzählt uns von einem Land, das ihm allein gehört und zugleich ganz unbedingt uns allen.

Antoine Audouard

Inhalt

PIPER

Dai Sijie

Balzac und die kleine chinesische Schneiderin

Roman. Aus dem Französischen von
Giò Waeckerlin Induni. 200 Seiten. Gebunden

Sie hat einen dicken schwarzen Zopf, zwei hinreißende Schühchen aus rosafarbener Seide und das zauberhafteste Lächeln, das man sich vorstellen kann: die Kleine Schneiderin aus dem abgelegenen Bergdorf, in die sich der junge Luo gleich beim ersten Anblick verliebt. Er und sein Freund, zwei Studenten, die zur »kulturellen Umerziehung« hierher ans Ende der Welt verschickt wurden, merken bald, daß sie nur eine einzige Möglichkeit haben, ihre Haut zu retten: Sie müssen in den Besitz jenes wunderbaren Lederkoffers gelangen, der die – verbotenen – Meisterwerke der westlichen Weltliteratur enthält. Denn nur aus Balzac und Stendhal, aus Dostojewski und Dumas können sie die Lebensenergie und den Esprit schöpfen, die sie brauchen, um den Widrigkeiten ihres Daseins – und der Willkür des Dorfältesten Paroli zu bieten. Und vielleicht können sie am Ende sogar das Herz der Schneiderin gewinnen.

01/1026/01/R

PIPER

Shan Sa

Die Go-Spielerin

Roman. Aus dem Französischen von Elsbeth Ranke.
252 Seiten. Gebunden

»Das Dunkel des Salons ist schattig wie ein Kaisergrab: Die schwarzen Lackmöbel atmen einen schweren Duft, die Risse in der Mauer zeichnen geheimnisvolle Fresken. Das Bett unter der purpurroten, goldbestickten Seide ist ein ewiges Flammenmeer. Ich muß hinaus auf den Platz der Tausend Winde. Der Unbekannte erwartet mich schon, unsere Partie fortzusetzen.«
Mandschurei 1937: In den Wirren der japanischen Invasion widersetzt sich eine junge aristokratische Chinesin dem traditionellen Weg, der ihr von der Familie vorgegeben ist, und schließt sich einer Gruppe chinesischer Rebellen an. Während sie auf ihren großen Einsatz wartet, perfektioniert das junge Mädchen ihre Fähigkeit zu Konzentration und Kalkül beim täglichen Go-Spiel. Bis sich ein als Mandarin verkleideter japanischer Leutnant – ein Spion – unter die Go-Spieler mischt und mit ihr ein leidenschaftliches, besessenes Duell aufnimmt – in das sich beide über Wochen und Monate immer tiefer verstricken. Ein Duell, das in einer Tragödie gipfelt, wie sie nur auf eine große Liebe folgen kann.

01/1107/01/L

PIPER

Antonio Skármeta

Das Mädchen mit der Posaune

Roman. Aus dem chilenischen Spanisch von
Willi Zurbrüggen. 335 Seiten. Gebunden

»Das erste, was dich die Leute fragen, ist, wie deine Eltern heißen. Und wenn du ihre Namen nicht weißt, dann sagen sie, du Ärmste, so ein reizendes Ding und so blaue Augen und alles.« Magdalena ist Vollwaise, denn ihre Eltern sind von den Nazis umgebracht worden. Irgendwie, sie weiß selbst nicht, warum, landet sie an einem Dezembertag im Jahre 1944 in Begleitung eines Posaunisten in der kleinen chilenischen Stadt Antofagasta. Hier wird sie liebevoll aufgenommen von Stefano Coppeta, dem Besitzer eines kleinen Gemischtwarenladens. Sie wächst zu einer schönen, aufgeweckten jungen Frau heran, voller Träume und Phantasie. Und ihr größter Traum, der heißt: Amerika. Dort will sie hin, nach New York, wo die Menschen ihr Glück finden. Und dann lernt sie Pedro Pablo kennen, der von demselben Wunsch beseelt ist. Wie schon in »Mit brennender Geduld« und »Die Hochzeit des Dichters« lockt Antonio Skármeta den Leser in eine wunderbar entrückte Welt voller Sinnlichkeit, skurriler Figuren und magischer Fügungen.

01/1231/01/R